Victoria Wolff

Die Welt ist blau

*Victoria Wolff mit ihren Kindern Ursula und Frank
in den 1930er-Jahren in Ascona*

Victoria Wolff

Die Welt ist blau

Ein Sommer-Roman aus Ascona

Herausgegeben
und mit einem Nachwort
von Anke Heimberg

AvivA

Los ist ein gewaltiges Wort

Am Bahnhof steht ein Mädchen und wartet; wartet schon lange; macht ja nichts, am Bahnhof fängt alles Schöne an, eigentlich sollte er Glückshof heißen. Oder ...? Nein, heute nicht weiter denken, heute nur freuen.

Brav wie ein Hündchen steht ein schwarzer Koffer neben diesem Mädchen Ursula Eisenlohr; er soll sich auch freuen, er darf mit! Gleich wird Peter kommen mit dem Silbergrauen, und dann geht es los, irgendwohin ins Blaue, irgendwohin. Die Welt ist überall schön.

Die Freude auf das Kommende gibt dem wartenden Mädchen einen fast unerschöpflichen Reichtum an Geduld, ja einen Reichtum an allen guten Gefühlen.

Sie schaut nach der Uhr, sie schaut über die Menschen, die sich im Lärm des ersten Juliferientages drängeln, sie hört die Zeitungsrufer, die Autohupen, sie spürt die Asphalthitze und lächelt.

Heute ist alles gut, heute ist alles schön. Dann beschattet sie mit der linken Hand das Auge, um besser Ausschau halten zu können. Kommt er denn nicht dahinten, kommt er denn nicht endlich, dieser Peter; dieser unpünktliche Junge. Sie hat doch auch punkt zwölf Uhr alles an den Nagel gehängt, die Geflügelfarm, die Pflicht und die Vergangenheit, den Vater und was damit zusammenhängt. Peter natürlich läßt sich wieder vom Beruf tyrannisieren.

Um zwölf Uhr geht der Zug, hat sie sich vorgesagt und war pünktlich gewesen. In Wahrheit geht gar kein

Zug, sie wollen nichts wissen von Fahrplänen und fremden Menschen, der Bahnhof dient diesmal gar nicht seiner ursprünglichen Bestimmung; er dient seiner nachträglichen Großzügigkeit, ein Ort zu sein, an dem man sich mittags um zwölf ungestört den Begrüßungskuß geben kann.

Wenn Ursula so steht, mit der Hand über den grünen Augen, den tanzenden Sonnenflecken auf dem hellen Mantel und dem kräftigen Willen ihrer zwanzig Jahre, gleicht sie jenen Plakaten der Reisebüros, die in Blau und Ockergelb ausrufen: »Auf in den sonnigen Süden!« Aber sie ist alles andere als ein fertiges Plakat oder ein festgefügter Begriff. Sie fühlt selbst, wie sehr sie gerade jetzt im Werden ist; ja, diese Reise mit Peter Mack und dem Silbergrauen muß ihr helfen, Antwort zu finden auf ein paar Fragen, die ihr das Leben stellt.

Deshalb soll diese Reise auch mehr sein als eine sommerliche Freude, mehr als der Inhalt von Vorfreude – Erfüllung – und Erinnerung, sie soll Einsicht bringen und Entscheidung.

Aber vorher sollte sie doch endlich Peter bringen. Wo steckt er denn so lange, dieser Junge?

Dieser Junge, der Rechtsanwalt Peter Mack, arbeitet währenddessen auf seinem Bureau. Es ist wie immer am letzten Tag eine tolle Hetze.

Fräulein Kleine kommt noch einmal mit dem Stenogrammblock.

»Was ist denn schon wieder los, zum Kuckuck? Habt Ihr noch nicht kapiert, daß ich fort muß?«

»Die Adresse, Herr Doktor. Wir haben ja noch keine Anweisung für die Post.«

Wieder denkt der Mann an das Mädchen Ursula. Die Adresse steht bei Ursula; sie wird immer noch warten, die Arme. Ob sie wohl sehr ungeduldig geworden ist? Wenn sie ihn nur ein einziges Mal in seiner Arbeit hier auf dem Bureau sehen könnte, jetzt gerade zum Beispiel, in diesen letzten Hetzminuten. Sie sollte in irgendeiner Ecke sitzen und ihm still zuschauen. Man würde sich dann in vielem besser verstehen.

»Ja so, die Adresse! Ich weiß noch keine, ich schreibe. Hast du noch etwas, Busse? Nein? Dann vertragt euch schön, ihr beiden; behandelt meine Klienten gut, schimpft nicht so viel über den Chef. Rufe nachher meine Eltern an, Busse, sage ihnen einen schönen Gruß, es hätte mir beim besten Willen nicht mehr gereicht. Ich muß jetzt fort; addio, Busse, adieu, Fräulein Kleine. Paßt gut auf!«

Zu ist die Türe; herunter die Treppe, rein ins Auto, das ihm blitzblank entgegenstrahlt, und los. Eine herrliche Hetze!

Hetze und Freude ist gar nicht wie Äpfel und Birnen, die sich nicht zusammenzählen lassen. Man muß nur den gemeinsamen Nenner finden.

Der Nenner ist die Liebe, denkt der Mann, der sich hupend einen Weg bahnt durch die hastende Menge. Alles rennt und dürstet.

Dort drüben wartet das Mädchen Ursula, ein leuchtender Fleck im Gewimmel; hurra, nun ist alles gut.

Trotzdem kann man nicht viel sagen am Anfang. Man redet dummes Zeug. Die Vorfreude schlägt wie eine Keule die ersten guten Worte tot.

»Na, mein Guter, nennt sich das Pünktlichkeit?«

»Liebling, entschuldige, ein neuer Fall, und der Referendar mußte doch auch noch eingeweiht werden, und das Telephon ...«

Peter ist unbeholfen, wenn er eilfertig sein will.

»Kenne ich«, sagt das Mädchen wissend. »Es ist immer das alte Lied. Zieh doch bitte noch einmal vor mir den Hut, Peter, du hast das gerade eben wunderbar gemacht. Es ist mir nämlich noch gar nie aufgefallen, daß du vor mir wie vor einer Fremden den Hut ziehst; das ist komisch, Peter, nicht? Aber ein Hemd hast du an, ein Hemd ...« Sie rüttelt emsig an seiner Krawatte.

Er sagt dann auch wieder irgend etwas darauf. Ganz dumme Worte sind es, sie wissen es beide, aber man kann einfach nichts dagegen machen.

So ist es immer am Anfang. Sie steigen in den Silbergrauen, verstauen die Koffer und fahren.

Fahren sie wirklich schon oder warten sie noch?

»Du«, sagt Ursula jetzt und sieht den Mann an. »Du. Du.«

Der Mann nickt, wie man nur nicken kann, wenn man sich gut kennt.

»Freust du dich auch so schrecklich, Ursel?«

»Und ob.«

Sonst nicht viel, sie fahren. Sie hören mit gespannten Nerven auf das Singen der Maschine, sechzig Kilometer, siebzig Kilometer, achtzig.

»Wohin fahren wir eigentlich, Peter?«

»Wie wär's, wenn wir das bei einem Kaffee besprächen, Ursel?«

»Es wäre.«

Die Espressomaschine des Restaurants gurgelt heiser bis auf die Terrasse heraus.

»Wie im Hotelzimmer der Mann von nebenan«, meint das Mädchen und rümpft die Nase.

»Deine Nase ist ein Gedicht«, sagt Peter versonnen, »stupsig, weich, frech, lieb, böse, alles in einem: ein herrliches Gedicht.«

Erschrocken betrachtet Ursula den Mann: »Ist dir nicht gut, willst du noch einen Kaffee, Peter?«

Er läßt sich nicht beirren. »Es gibt keine Poeten mehr, sonst hätte schon einer die Nase besungen.«

»Hat schon einer«, sagt das Mädchen triumphierend. »Wenn man das herzigst Näschen seiner allerliebsten Braut durch ein Vergrößerungsgläschen näher beschaut, sieht man haarige Bälge, daß einem graut.«

»Aufhören, aufhören!« Peter hält sich die Ohren zu. »Also, wohin fahren wir eigentlich?«

Die Landkarte heraus, drüberbeugen, studieren. Der Mann deutet auf den Bodensee.

»Singen«, sagt Ursula. »O, Singen. Hier lebt ein Kind aus meiner Klasse. Es war das Radiergummikind, es hieß Mausi.«

»Was war das für ein Kind?« will Peter wissen. Und nun erzählt Ursula in dem Ton, in dem Mesnersfrauen Kirchen zeigen.

»Sie saß neben mir und stellte diese besondere Art der Schulfreundin dar, die mehr Schule war als Freundin; wir hatten denselben Schulweg, und unsere Eltern grüßten sich. Jeden Mittwoch war Kränzchen mit Kakao und Hefegebäck. Wir trugen Matrosenkleider mit Anker am Ärmel. Alles war eitel Wonne.

Da geschah es eines schönen Tages, daß Klein-Ursel den Radiergummi zu Hause gelassen hatte. Was tun mit den Fehlern? Nun, ohne viel Bedenken radierte das Kind mit dem Gummi der Nachbarin, sagte danke schön und legte ihn wieder zurück. Die Nachbarin Mausi schaute nur und sagte nichts.

Am andern Tag jedoch nahm das Kind Mausi stillschweigend den Gummi des Kindes Ursula aus der Hülle und radierte damit blind und ohne Fehler. Es sollte den Vorteil vom Tag zuvor nicht zu genießen haben. Wozu auch? Gleiches Recht für alle. Dabei verhehlte das Kind Mausi nicht, daß sein Radiergummi vergnügt in seiner richtigen Hülle läge.

Das Kind Ursula schwieg damals zu diesem Vorgang; aber irgendwo gab es einen Knax. Vielleicht zerbrach damals der kindliche Glaube. Heute ist Mausi Frau eines Ingenieurs und wohnt in einer Werkswohnung in Singen.«

»Das muß eine Frau sein«, sagt Peter mit Überzeugung. »Jetzt will ich Mausi kennenlernen.«

Bis Singen stecken sie tief in Schulgeschichten. Dann läuten sie erwartungsvoll bei Eberhard Öchsler, Dipl. Ing., an einer Messingglocke. Im Vorgarten schnuppert man Maggis Suppenwürze.

Mausi ist selbst an der Türe. Sie trägt einen Ärmelschurz, blonde Haare im Knoten, hat kleinliche Zähne und zeigt ihre große Freude mit Kopf und Händen.

»Na so was, Eisele, daß du plötzlich hereinschneist! Wo kommst du denn her? Wir hießen sie nämlich immer Eisele, um sie zu ärgern.« Dies kurz und prüfend zu Peter. – »Warum hast du denn nicht telephoniert? Wir haben nämlich Telephon seit einem Jahr. Eberhard ist sehr viel auf Montage fort und will doch auswärts wissen, wie es Hansi geht. Schade, daß du Hansi jetzt nicht sehen kannst, er schläft schon. Ich habe ihn früher als sonst zu Bett gelegt, weil wir heute abend eingeladen sind. Du liebe Güte, wir sind ja eingeladen, gerade wenn du zum ersten Mal zu uns kommst. Eisele, das ist zu dumm!«

»Das macht nichts, Mausi. Wir wollten doch nur ganz rasch guten Tag sagen und dann wieder weiterfahren; auch ist der Hohentwiel noch vorher abzumachen.«

Ursula ist froh, einen Weg zu sehen, der ihr diese so mutwillig aufgeladene Sache wieder vom Halse schafft.

Vom Nebenzimmer herein leuchtet der brav gedeckte Abendbrottisch; die Messer ruhen auf Messerbänkchen. So ist der ganze Haushalt.

»Es ist schade, es ist wirklich zu schade«, sprudelt Mausi, ohne auf Ursula zu hören. »Aber wir können nicht absagen. Wir sind nämlich zum ersten Mal bei Generaldirektors eingeladen; bisher standen wir nur auf Besuchsfuß.«

Peter nickt verständnisvoll mit dem Kopf.

»Ist das dein Bräutigam, oder nur so, Eisele?«

Mausi prüft im stillen die Gehaltsklasse nach dem Anzug.

»Weder, noch«, sagen Peter und Ursula im Sprechchor. Dabei schauen sie sich herzlich in die Augen.

»Was sind Sie eigentlich?« fragt Mausi weiter.

»Rechtsanwalt.«

»Ach nee, Rechtsanwalt, das sieht man Ihnen gar nicht an.«

Jedoch viel Zeit verschwendet Mausi nicht an ihre Verwunderung.

»Sag einmal, Eisele, du kommst doch viel in der Welt herum; muß der Herr oder die Dame der Gastgeberin die Blumen überreichen?«

»Die Dame natürlich.«

»Und das Papier nimmt man tatsächlich im Vorplatz ab? Eigentlich ist es dann unnötig, daß man die Blumen in einem guten Geschäft besorgt, findest du nicht auch?«

Ursula findet es auch, und Peter nickt mit dem Kopf. Ihre Einigkeit hat sich verblüffend gesteigert.

»Weißt du was von Musch, Eisele? Hat sie sich noch keinen geangelt? Sie war damals doch schrecklich in Sinus verschossen. Das war ein Kerl, was? ›Jetzt habe ich's aber so gründlich erklärt, daß es sogar die Eisenlohr verstehen konnte.‹ Ich höre ihn noch. Mein Gott, was da so alles wieder auflebt! Sie wird es wohl kaum interessieren, Herr Doktor; aber wenn man sich nach so langer Zeit wiedersieht, nicht wahr, Eisele. Wie lange ist es denn bloß? Schade, daß Eberhard noch nicht da ist, um dich kennenzulernen, aber er wollte die Blumen für heute abend besorgen.«

»Freilich«, meint Ursula, sie verstehe den Fall. Und Peter nickt, weil er nicht zu Wort kommt.

Der Dialog ist zum Selbstgespräch der Hausfrau ausgeartet.

Nach zwei Zigarettenlängen erwischt der Mann Peter eine Pause, um eine schüchterne Gebärde des Aufstehens zu machen.

»Ursula, der Wagen.«

So folgsam war das Mädchen schon lange nicht mehr. Sie springt auf:

»Natürlich, Peter, wir müssen weiter. Wir sind ja sooooo ins Reden gekommen.«

Beim besten Willen war dieser Aufbruch kein Losreißen.

»Nicht wahr«, bittet Mausi, »wenn ihr einmal richtig verlobt seid, schreibt ihr uns eine Karte.«

»Natürlich tun wir das.«

Dieser taktvolle Wunsch soll nicht unerfüllt bleiben, denken die beiden. Außen im Flur heucheln sie einen überfröhlichen Lärm.

»Schade, es war so kurz.«

»Wirklich schade, ein andermal wieder.«

»Auf Wiedersehen, und reiset gut.«

»Danke, danke; grüß deinen Mann.«

Man schüttelt die Hände und wünscht sich Dinge, auf die man doch keinen Einfluß hat.

Mausis Händedruck schmeckt wie eine Zahnbürste, die schon einmal in Gebrauch war.

»Adieu, lebe wohl, wir schreiben bestimmt.«

»Auf Wiedersehen«, Mausi winkt mit dem Zipfel ihrer Schürze und schaut mit seltsamen Gefühlen dem Wagen nach. Mit letzter Beherrschung winken die beiden aus dem Silbergrauen. Fort sind sie ...

»Das war eine Sache«, atmet Peter auf. »Hast du mich das Gruseln lehren wollen?«

»Der Radiergummi hat nicht getrogen«, seufzt das Mädchen. »Ich glaube fast, der Haushalt besteht aus Sammelmarken. Dann schon lieber als alte Jungfer sterben.«

Nach einer Pause: »Ich muß mich bei dir erholen, Peter.«

Sie nimmt seine rechte Hand vom Steuer, legt ihre linke an diese kleine, warme Stelle wortlos unter die seine. So fahren sie langsam eine besinnliche Weile durch die abendliche Stadt. Von oben winkt die Burg.

Eine innige Einigkeit umgibt die beiden wie ein lichter Schleier. Gemächlich rattern sie den Burgweg entlang. Oben stellen sie neben den roten Gasthof ihren Wagen wie einen armen, blassen Bruder und gehen Arm in Arm im gleichen Schritt den schmalen Pfad hinauf zur Burg. Sie genießen die weite Sicht ins Hegau wie eine Befreiung aus der Niederung des unzulänglich Menschlichen. Aber sie reden nicht mehr davon; es soll abfallen wie eine faule Schale.

Ursula befühlt die dicken Mauern der Burg wie ein Kind den Apfel.

»Das war wohl einstens eine fette Sache, Peter, wie? Die strotzen ja noch von Kriegsgeschrei.« Fester hakt sie sich in Peters Arm. »Ich brauche einen Helden zum Schutze.«

Dankbar blickt der Mann das Mädchen an.

»Ekkehard war ein erlaubtes Buch, deshalb mochte ich es nie lesen. Es steht noch heute unberührt als Konfirmationsgeschenk in Goldschnitt in meinem Schrank«, sagt er.

»Es gäbe viel weniger Literatur, wenn die Liebenden früher mehr gehandelt und weniger geredet hätten«, meint Ursula weise. »Unsertwegen wird keinem Dichter je ein Denkmal gesetzt.«

Dafür verdient sie einen Kuß.

Still läßt sie es geschehen; sagt nicht: paß auf, sagt auch nicht: laß doch, die Leute ... Das ist viel für Ursula Eisenlohr. Peter weiß es und freut sich.

Oben vor Wiederholds Büste überlegt sich das Mädchen, wie lange wohl der Mönch von der Reichenau gebraucht haben mochte, um zu Frau Hadwig zu kommen.

»Der Silbergraue hat ihnen gefehlt, Peter. Wenn sie nur zwanzig PS von unserem stählernen Hätschelkind gehabt hätten, wäre der gute Scheffel leer ausgegangen. Aber gönnen wir's ihm, und freuen wir uns über den Fortschritt der Kultur, deren Segnungen wir genießen.«

Wenn Ursula so redet, Schnäuzchen zieht, Gesichter schneidet und mit den Augen blinzelt, hört Peter nicht zu, sondern schaut nur; schaut glücklich und verzückt und dankt der Vorsehung, die ihm dieses Mädchen gesandt hat!

»Ulla«, sagt er herzlich, »ich muß dir endlich sagen, daß ich mich auf diese Reise mit dir freue; daß ich mich immer mit dir freue.«

Er hat den Arm um sie gelegt und streichelt leise ihr Gesicht. Dann nimmt er ihr die Mütze vom Kopf: »Ich sehe so gerne deine Haare flattern.«

Ursula läßt es geschehen; eigentlich wollte sie sagen: »So ist's richtig, Peter«; aber sie tut es nicht. Er wird schon wissen, was sie fühlt.

Es ist auch so; sie hätte keinen verständnisvolleren Mann finden können als Peter Mack.

Mit einer hellhörigen Sicherheit erkannte er diese Frau. Die Liebe zu ihr war auf eine göttliche Weise in ihm eingebrannt. Hier oben fühlte er wiederum einen jener Augenblicke der Offenbarung seines unentrinnbaren Schicksals, das ihm Ursula als Erfüllung sandte. Solche Augenblicke sind ohne Willkür und bedürfen nicht der Kirche.

Er war dankbar ohne Pathos, er glaubte mit Inbrunst an diese Fügung, aber er sprach nicht darüber. Lange Jahre hatte er gelebt, ohne zu wissen, daß es Liebe als Schicksal für ihn gäbe. Er war da und dort, nannte diese und jene Liebste und Freundin und ging weiter ohne Erinnern. Frauen waren da oder nicht da, Zeitvertreib oder Gesellschaft. Das war alles. Er vermißte nichts, weil er anderes nicht kannte. Da lief ihm dieses Mädchen, das stolz und unzugänglich war, in den Weg. Sofort gab er seinem Leben nur diesen einen Sinn.

Mit Toggenburg-Minne umwarb er Ursula Eisenlohr, die nie zuvor diese Art Ehrfurcht zu spüren bekam.

So gewann er sie auch.

Er hatte sich unter der Zuneigung dieses Mädchen völlig gewandelt. Seine äußere Gepflegtheit war nur ein Zeichen davon. Dabei steckten in ihm die gleich großen Gaben, ein Kleinbürger zu werden mit Stammtischsorgen. Die Liebe hatte ihn frei und menschlich gemacht, und das dankte er diesem Mädchen ganz ohne Worte.

Es ist schön, sich selbst in allen Nebenpfaden zu entdecken.

Ursula wußte nichts von dieser Verwandlung, sie hatte Peter ja erst kennengelernt, als ihn seine innere Bereitschaft in diese zweite Phase seines Lebens geleitet hatte. Aber sie ahnte, daß sie ihm nötig war wie eine Sonne, wie Luft, wie irgendein Saft seines Lebens. Zuweilen, wenn sie mutlos war, hatte sie Angst vor der großen Verantwortung dieser Liebe; meistens aber verhalf sie ihr zu der gläubigen Freude, daß das Leben schön sei.

Der Abend, der sich in einem letzten Erglühen über die Berge legt, vereint die beiden Menschen in wundervoll gelöster Ruhe. Sie stehen hier oben, Hand in Hand, wie vor ihnen viele und nach ihnen viele, und glauben, es gäbe nur sie.

Lange stehen sie so, sie reden kaum; schnell wechselt der Abend zur Nacht. Doch fester nur fügt er den Glauben der beiden, daß alles, was komme, gut sei und daß sie annehmen könnten, wenn es sie beide beträfe.

Dann fahren sie weiter zum Bodensee in sanftem Schweigen. Der Scheinwerfer teilt im Dahinfliehen die Welt in zwei dunkle Pole. Weißkalkige Baumstümpfe mit seltsamem Zweiggerieseł erhellen die blauschwarzen Flächen der beiden Welten. Da und dort funkeln grüne Katzenaugen über den Weg, da und dort ein engverschlungenes Menschenpaar, das sich blicklos wendet.

Ursula schaut dem Schatten nach, der mit ihnen fährt.

»Woran denkst du, Peter?«
»An dich.«
»Dann ist es gut; die Nacht hat böse Kräfte.«
»Und du?«
»Auch an dich.«
»Dann ist es noch besser.«

Nun kann der Morgen kommen. Müde und glücklich überlassen sie sich einem freundlichen Wirt.

Von Politik wird nicht geredet

Das erste gemeinsame Frühstück auf der Reise ist ein Ereignis. Kaffee und Tee werden zum sakralen Gebräu. Brötchen und Marmelade zu Kultgeräten.

Peter Mack sitzt auf der Terrasse vor seinem Zimmer am verheißungsvollen Tisch, schaut auf den See und wartet. Die Welt ist schön, ja, aber nicht wenn man allein ist. Auch wenn sie häßlich wäre, müßte man zu zweit sein; man muß immer zu zweit sein, denkt der Mann und schaut auf Ursulas Türe. Von drinnen dringen noch die Geräusche des Urzustandes!

»Gleich«, ruft sie nun schon zum zweiten Mal. Dabei ist sein Hunger unheilig und gar nicht liebevoll; er kämpft heldisch mit einer Zigarette und rückt an den Tellern herum.

»Gleich«, ruft es wieder. Doch dies ist von jeher eine bei Frauen imaginäre Zahl. Endlich stößt Ursula die Balkontüre auf. Sie macht das hart und klar und kräftig, mit den Füßen sogar, die in weiten Pluderhosen stecken.

Der frische Morgen hat ganz andere Laute als der weiche Abend. Fernab liegen die sanften Gefühle und müssen warten, bis ihre Zeit und ihr Reich gekommen sind.

»Guten Morgen«, ruft sie in strahlender Laune und hält ihm ein rundes Mäulchen zum Kuß entgegen. »Achtung: zart behandeln, frisch gekirnt.«

Dabei läßt sie die Hände tief in den Taschen vergraben.

»Diese zurückhaltende Handhaltung, mein Herr, hat einen tieferen Grund«, lacht sie ihn an. »Böswillige Männer könnten geneigt sein, sie für nichts als burschikos zu halten, aber sie hält mehr als sie verspricht.«

Dabei zieht sie mit ihrem echtesten Bärengesicht eine Salami aus der Tasche.

»So, das wäre ein Beitrag zur Magenfrage am frühen Morgen. Die Dame setzt sich.«

»Du bist reizend, Ulla, ich bin so froh mit dir!«

»Das ist immer so, wenn man etwas zu essen bringt, danke, der Herr; rühren, weggetreten!«

Ursula zupft mit Hingabe die Weichteile aus den Semmeln. Peter gießt behutsam den Tee in die Tassen.

»Du liebst ihn stark und ohne Zucker, Ulla, nicht wahr?«

»Weißt du das noch, Peter? Das ist lieb von dir. Ich lasse mich furchtbar gerne verwöhnen.«

Das Mädchen ist mit einem Male weich und traurig geworden.

»Ich bin noch gar nie auf meine Weise verwöhnt worden.«

»Ist das wahr, Ulla?« Der Mann schaut sehr betroffen drein. »Ich dachte früher ... von Hellmut ...!«

»Ach, Hellmut; was weißt du denn von Hellmut. Das ist ein Mann gewesen, den Männer nicht verstanden. Ich habe ihn auch nicht verstanden, ich habe ihn nur gern gehabt.«

Ursula hat ihren breiten nachdenklichen Mund und dreht kleine Kugeln aus Brot. Es wäre besser gewesen, Peter hätte jetzt nicht an Hellmut gerührt. Er ist besessen von Eifersucht gegen diesen Mann, den er gar nicht kennt.

Hellmut war der erste und einzige Mann vor Peter. Ursula liebte ihn unter Hintansetzung jeder Vernunft – mit der Kraft ihres ersten großen Gefühls. Sie hatte ihn vor drei Jahren in einem Kurort kennengelernt, wo sie sich nach dem Examen auf der landwirtschaftlichen Hochschule ausruhen wollte. Das Ausruhen verwandelte sich schnell in Unruhe.

Am ersten Abend wurde sie von einem fremden, gepflegten jungen Hübschling zweimal nacheinander zum Tanzen geholt. Er tanzte vorzüglich und sprach wenig.

Beim dritten Tanz sagte er: »Ich glaube, wir verstehen uns gut.«

Diese Art war dem Mädchen fremd. Es schwieg und war ungemein aufgewühlt.

Er küßte Ursula ehe sie seinen Namen kannte, aber der Kuß war schön. Nach dem zweiten Kuß sagte er ihr, daß er Frauen hasse, die eifersüchtig und zeitraubend wären, aber das kam für Ursula als Warnung schon viel zu spät.

Später nannte sie ihn Quick. So war er auch.

Er nahm keinerlei Rücksichten und behandelte das Mädchen nach seinen Launen.

Sie litt, ließ sich vieles gefallen, wußte zugleich, daß sie ihn von Grund auf falsch behandelte, aber sie konnte nicht mehr anders und war glücklich, wenn er gut war.

Quick war sehr groß, sehr schmal und sehr schlank; sein Gesicht glich seltsam, obwohl es auch schmal und lang war und gute Zucht verriet, einem kleinen Löwen, der gnädig ist, und seine Augen hatten den unergründlichen grünen Schimmer eines Forellenbachs. Er war herrlich jung; aber er wollte nicht gerne so jung sein, wie er war, das machte sein Wesen zwiespältig und zerrissen.

Er glaubte, das ganze Leben in einem Tag treffen zu müssen; noch eine Verabredung und noch ein Sport, noch eine Frau und noch ein Erfolg. Das machte ihn ruhelos und nicht glücklich.

Wenn Ursula ihm Vorhaltungen machte, er würde achtlos am Wert des Menschen (eigentlich meinte sie sich) vorübergehen, gab er widerwillige Antworten: »Du kennst mich nicht« oder »langweile mich doch bitte nicht mit deiner Eifersucht.«

Dennoch war er nicht abzutun als liebenswürdiger Nichtsnutz. Er hatte vielseitige Gaben und Gemüt, wo man es nicht vermutete. Nur wußte man noch nicht, auf welche Weise er dies auszuwerten gedachte.

Alle Frauen im Hotel mochten ihn leiden und alle Männer über vierzig auch. Sie sahen in ihm die wandelnde Stufenleiter dessen, was sie versäumt hatten. Nur die Jüngeren dichteten ihm neidisch an, was sie selbst gerne verübt hätten.

Hellmut mißbrauchte die Macht, die er über das Hotel hatte, keineswegs. Aber dem Schuster Beni half er damit. So war er nun auch wieder. Er schleppte alle Gäste zu Beni und wartete, bis man ihm irgend etwas zu verdienen gab. Der Schuster hatte Pech gehabt und zwei Kühe an einer Seuche verloren, ohne durch eine Versicherung gedeckt zu sein. Das bewegte Quicks

Mitleid ungemein. Manchesmal konnte es ihm auch einfallen, wenn er gerade über die Ungerechtigkeit des Schicksals nachgedacht hatte, mit dem Kutscher Christian und dem Hausknecht Sepp unten in der Kantine am Abend endlos Würfel zu spielen. Dort tat er dann, als ob er leben müßte wie sie. Oben in der Halle saß nichts wissend und verzweifelt Ursula und nagte an einem Buch. Bisweilen hielt sie diese seelische Pein um Quick so gefangen, daß es ihr körperlich weh tat.

Wenn er dann strahlend zurückkam und seine langen Knabenarme um sie legte, verflog aller Unmut, als wäre er nie gewesen. Er zog ein Schnäuzchen und raunzte in seiner drolligsten Weichheit:

»Du, du, nicht böse sein!«

Nein, wahrlich, durch ihn wurde das Mädchen Ursula Eisenlohr in keiner Weise verwöhnt. Wenn er sich auf fünf Uhr mit ihr zum Tee verabredete, kam er um sieben Uhr mit einem Arm voll Blumen heftig und ohne zu klopfen in ihr Zimmer und setzte sich so lange zu dem schweigenden Mädchen, bis es wieder gut war. Das dauerte meistens nicht lange. Lag je einmal ihre Laune so darnieder, daß sie durch bloßes Reden nicht wieder gutzumachen war, dann schrieb er einen plötzlichen Brief und schob ihn zu einer unmöglichen Zeit still durch ihre Türspalte.

Er konnte merkwürdig reizende, spontane Briefe schreiben; fand eigene und meist gerade die richtigen Worte. Das verblüffte Ursula; sie war gerührt und selig; und wenn sie es tags darauf erwähnte, hatte er es längst vergessen.

»Ach, das war ganz impulsiv«, meinte er etwas verlegen; »ich bin ein Mensch des Augenblicks.«

Nie sprach er von Liebe, und doch hatte er sich ihres ganzen Seins bemächtigt. Er war nur noch zu jung, um es in diesem Ausmaß zu erkennen; wohl auch, weil sich Ursula zu gut in der Hand hatte und schweigend litt.

Als die drei Wochen der gemeinsamen Ferien zu Ende waren, bat er sie um ihr Bild. Er wolle es mit nach Shanghai nehmen, sagte er, weil seine Firma ihn dorthin sende. In fünf Jahren habe er seinen ersten Europa-Urlaub, da wolle er dann schauen, wie sehr sie sich verändert habe.

Das war das einzige Mal, daß er mit ihr von seinen Plänen sprach.

Beim Abschied lächelten sie. Er sagte: »Du warst viel zu gut zu mir, Duschenka.«

Sie haßte dieses Wort, das ihm eine russische Frau als Andenken gelassen hatte, und fühlte eine brennende Wunde greifbar in ihrem Herzen. Nie, glaubte sie, würde das wieder heilen.

Sie winkte dem Zug nach und sah deutlich, wie die Sache mit Hellmut, genannt Quick, ganz ohne Nachspiel im Bayrischen verschwand. Am letzten einsamen Tag schien ihr der kleine Kurort einer öden Wüstenei zu gleichen. Sie war traurig und lernte an diesem Tage mehr von ihrem Wesen erkennen als in den bisher vergangenen zwanzig Jahren. Für Episoden war sie nicht geboren. Einleuchtend war, daß Ursula zu Hause alle Männer zwangsläufig mit Quick vergleichen mußte; keiner hielt stand. Die Entfernung verklärte seine Art, die eine Unart war, zu einer unerreichten Grazie.

Die schwäbischen Männer dagegen schienen plump und spießig, und ihre Rede lief ohne Schwung. So kam das Mädchen in den Verruf, hochnäsig zu sein und voll dummer Einbildung.

Nur Peter Mack glaubte das nicht. Peter war überhaupt ganz anders.

Er gab sich Mühe, ging auf sie ein und war sehr gründlich. Ihr zuliebe las er sogar Bücher über Geflügelzucht.

Ursula konnte es kaum fassen, daß sich ein Mann ihretwegen so umstellte ... Sie hatte noch Hellmuts Maß im Gefühl; sie war mißtrauisch und dankbar zugleich ...

Manchesmal, wenn sie mit Peter zusammen war, fiel ihr jäh Quick ein, dann blieb sie stehen, tat etwas ganz Plötzliches, schüttelte sich in heißem Schauer und wurde dann sanft und zärtlich abbittend zu Peter, der von alldem nichts wußte. Nein, es war nicht klug, an Quick zu rühren. Ursula war zu sehr getroffen gewesen, außerdem ist sie von Natur aus treu und hängt an Gefühlen, die sie prägen halfen.

Stumm schneidet sie die Salami in kleine Rädchen. Peter weiß sofort, er hat etwas angerichtet. Er schweigt und betäubt seine Reue mit Tee.

Endlich fragt er sie leise und etwas heiser:

»Wollen wir nicht einen Schlachtplan aufstellen, Ulla?«

»Schlachtplan? Von Politik wird nicht geredet, mein Lieber. Ich denke, wir machen den üblichen

Schnuppergang durch die Stadt. Dabei werden wir schon irgend etwas Nettes erleben.«

»Du sollst nicht immer an ein Erleben von außen denken, Ulla, wenn du bei mir bist.«

Ursula schaut den Mann beklommen an, schließt kurz die Augen und seufzt ein wenig. Sie weiß alles, was er gerade eben denkt. Dann nickt sie ihm zu, wie Lehrer ihren Kindern vor der Prüfung zunicken.

Peter raucht eine Zigarette an und gibt sie Ulla in den Mund.

»Du bist lieb, Peter, ich weiß es«, sagt sie und bläst ihm etwas Rauch ins Gesicht. Das ist eine große Gunstbezeugung am frühen Morgen.

Der Schnuppergang führt durch ein mittelalterliches Städtchen, wo man an allen Ecken zueinander sagen muß:

»Da sieh mal, wie nett!«

Mittendrin kündet ein Schild mit einem Pfeil: Heiligenberg.

»Ich kann Wegzeichen nicht widerstehen, Peter. Heiligenberg, wie das klingt! Das dürfte für uns das Richtige sein!«

Und so fahren sie dem Einfall zuliebe.

Oben aber sehen sie, daß die Verheißung nur aus einer Aussicht und einer Kurve besteht und ziehen lange Gesichter. Je ein Gasthof liegt an den Flanken der Kurve, die Wirtinnen können sich gegenseitig die Gäste zählen.

»Wem wollen wir die Ehre geben, Peter? Gehst du rechts, dann tröste ich links, und wer das schönere Mitbringsel findet, hat gewonnen.«

»Gut«, sagt der Mann und wählt sich die »Post«. »Der Silbergraue hält gerade die Waage.«

Mit Picknickpaketen beladen treffen sie sich wieder. Die Sommergäste des Orts sind staunend Zeugen ihres Wiedersehens.

»Wohin denn jetzt?«

»Du sollst nun über den Tag bestimmen, Peter«, meint das Mädchen gefügig. »Vorläufig bin ich geheilt von verlockenden Schildern.«

»Hinter dem Berg dort liegt die Schweiz«, sagt der Mann ohne weiteren Kommentar.

»Also schön, in die Schweiz, ein einsilbiges Wort zwar, aber es läßt sich hören.«

Peter ist nicht ganz bei der Sache. Versunken betrachtet er die Gegend.

»Das wären Artillerierichtpunkte! Mädchen, zum Donnerwetter! Dort einschießen, siehst du, auf jene Baumgruppe, das hieße ein glatter Fall; mit drei Schuß erledigt.«

Ursula nickt ergeben. Natürlich, denkt sie, das muß auch einmal sein. Thema eins: Als ich an der Spitze meiner Batterie ... Man soll nicht undankbar sein gegen Frontsoldaten.

»Verteufelt ähnlich einer Stellung in der Champagne; ringsherum war alles kahlgeschoren, nur wie ein Wunder ragten drei Bäume irgendwo in die Luft. Diese drei Bäume juckten mir in den Fingern. Vierzehn Tage hielten wir die Stellung, dann mußten wir räumen, aber die Bäume waren immer noch da. Ich könnte sie malen, so deutlich stehen sie vor meinen Augen, die drei seltsamen Bäume.«

»Ja, Peter«, sagt das Mädchen ergeben, »aber es muß nicht gleich wieder sein. Das Schießen meine ich.«

»Es müßte nie wieder sein«, nickt der Mann und sinkt zurück in sein tiefes Erinnern.

Sie fahren und fahren; Ursula wagt noch nicht, um das Steuer zu bitten; manchesmal rührt sie sanft an Peters Arm und zieht ein Mäulchen, das er nicht verstehen will. Dann sagt sie wieder irgendeines jener kleinen, weichen Worte, die nur zwei Menschen für einander haben können.

Schon sind sie jenseits der Grenze. Man sieht es nur am Fehlen der Uniform und an den veränderten Schildern der Reklame, an den Menschen sieht man es noch nicht. Die Welt ist überall blau. Sommerheiße, klirrend klare Luft, leuchtend grüne Wiesen; es ist, als könne man den Sommer mit den Händen greifen.

»Wie viele Picknickplätze wohl auf solch einer Wiese liegen mögen?« fragt Peter endlich.

Lachend steigen sie aus und ordnen ihre Herrlichkeiten auf einem weißen Tuch im Grase. Peter hat das Spiel gewonnen. Rosa leuchtet eine Salm-Mayonnaise auf dem grün-weißen Tisch.

»Na, du bist ein Genießer«, lobt das Mädchen entzückt.

»Das hätte die Vorspeise in der ›Post‹ sein sollen«, frohlockt der Mann, »du glaubst wohl, das gute Essen sei nur für die Dummen da?«

Dann ergeben sie sich mit gesunder Freude einem wortlosen Mahl.

»Hm«, macht Ulla dann und wann mit großen Augen.

»Hm, hm«, gibt ihr Peter zur Antwort.

»Jetzt haben wir gepickt, nun müssen wir nicken«, befiehlt das Mädchen nach einer Weile und zieht sich Peters Arm als Kopfkissen zurecht.

»Schlaf nur, Gute, ich sehe dir gern zu.«

Ursula schließt die Augen und fühlt dankbar wohliges Geborgensein. Schon glaubt sie, es gäbe kein anderes Zuhause mehr als hier. Schläfrig und glücklich lächelt sie mit einem breiten Mund. Der Mann liegt daneben, spielt mit den Gräsern, mit Ursulas Haaren, mit ihren Fingern; er denkt nicht viel, er weiß nur, so ist es gut, so soll es bleiben.

»Solch ein Tag ist eigentlich ein winziges Nichts, Peter«, murmelt das Mädchen aus einer stillen Träumerei.

»– oder doch wieder alles«, sagt er nach langer Pause.

Hierauf Ursula nach geraumer Zeit nachdenklich: »Dann doch schon eher nichts.«

Nun lacht der Mann und küßt sie viele Male.

»Reden wir einen tollen Unsinn, Peter, wie?«

»Man kann nur Unsinn reden, wenn man sonst den gleichen Sinn redet, Ulla, das ist eine seltene Gnade.«

Das Mädchen nickt, weil es nicht weiß, was es antworten soll. Die Sonne steht noch zu hoch für den Ernst, den die richtige Antwort heischen würde. Ursula ist abhängig von den Tageszeiten der Gefühle.

Dann nickt sie noch ein paarmal heftig, damit Peter weiß, daß sie einig sind; das letzte Nicken gilt aber schon mehr einer Biene, die sich bedrohlich in ihrer Nähe tummelt.

»Was hältst du von einem ehrenvollen Rückzug, Peter? Den Rest den Bienen!«

Er ordnet schon Kissen und Decken.

»Meinst du nicht, wir sollten uns doch einen Reiseplan machen, Gute? Schließlich und endlich müßte ich meinem Bureau eine Adresse hinterlassen.«

Sein Ton ist so, daß man ihn nicht enttäuschen darf.

»Schön«, meint das Mädchen und rekelt sich hoch, »du darfst entscheiden, weil sich touristisch auf juristisch reimt.«

»Ich war vor vier Jahren einmal im Tessin, das ist ein leuchtender Eindruck geblieben.«

»Mit wem?« fragt Ursula streng.

»Mit meinem Bruder.«

»Hieß der Bruder nicht etwa Grete oder Hete?«

»Es war mein einziger, wirklicher, echter und beglaubigter Bruder«, schwört der Mann.

»Also«, gibt sie nach, »denn man los. Wo liegt eigentlich das Tessin?«

Dabei hat sie dem Silbergrauen schon den Begrüßungsschlag gegeben und sitzt am Steuer.

»Muß ich nur immer dieser Straße nachfahren?«

»Vorher jedoch kommen wir noch über einen großen Berg mit Namen Gotthard, mein Fräulein, falls Sie das schon einmal hätten nennen hören!«

Ursula hat schon ins Rad gegriffen und fährt los. Die Geschwindigkeit beschwingt sie, das Steuer verwandelt sie in ein kühnes Kind ohne Besinnen. Die Kilometerleidenschaft der ersten Tage hat sie mit Macht ergriffen. Dem Mann ist nicht ganz wohl zumute dabei. Er fährt in Gedanken jede Kurve mit.

»Paß auf«, sagt er oft, »fahre doch rechts.«

»Wenn du noch einmal den Lehrer spielst, fahre ich dich in den Graben«, droht sie, als sie genug davon hat.

»Das Schlimmste an deiner Drohung ist, daß ich sie dir zutraue, Mädchen.«

Nun gibt aber auch schon die tolle, junge Frau dem Wagen einen jähen Ruck, daß er gerade noch in der Kurve zum Stehen kommt.

»Da hast du deinen alten Karren«, sagt sie brüsk. »Wenn ich nicht Mitleid mit dir hätte, ginge ich zu Fuß ins Tessin.«

»Aber Mädel, so war es doch nicht gemeint.«

»Von mir war es schon so gemeint.«

»Ist da nicht ein t zuviel in diesem Wort?«

Nur solche Töne verfangen bei Ursula.

»Schau einmal an, der Herr ist witzig.«

Brav setzt sich das Mädchen an das Rad zurück. Auch das Tempo ist brav geworden.

»Ist die Geschichte mit dem Bruder nun wahr, oder ist sie nicht wahr? Die ganze Familie Mack ist ein sehr dunkles Kapitel in meinem Wissen, sie kommt gleich hinter der Geographie.«

»Das ist deine Schuld, meine Liebe. Wie oft wollte ich dich schon den Eltern vorstellen?«

Das Mädchen muß ihm recht geben, aber sie hatte stets Furcht gehabt vor diesem Vorstellen, an dem, wie ihr schien, all die falsche Bürgerlichkeit klebte, die Peter bisher hemmend umgab. War hier bei Notar Mack, Peters Eltern, alles eingleisige Enge, vorausbedachte Lebensberechnung und ein sparsames Glück, so gab es in der Umgebung von Martin Eisenlohr kein Muckertum und keine vorgefaßte Meinung. Mutterlos aufgewachsen, dankte sie ihr geistiges Sein bis ins letzte dem Vater. Er gab seinen beiden Töchtern Natur als Religion, Sport an Stelle von Ärzten und Offenheit anstatt Familie; nicht selten auch Wein für Milch. Dafür mußten sie lernen, was der Kopf hergab. Drei Sprachen fließend, das war das mindeste; in den Ferien kochen und nähen, um später keine Zeit zu verlieren; Maschinenschreiben und Stenographie außerhalb des Berufs verstand sich von selbst.

»Ihr müßt siebzehn Berufe ausüben können und das Leben als Sport betreiben, Kinder«, sagte er, wenn sie erlahmen wollten. »Nur so kommt ihr spielend mit. Die Kunst zu leben ist viel schwerer, als die Kunst zu schreiben. Die meisten Menschen werden vom Sichsorgen verschlungen. Sie sorgen sich über den Völkerbund, und ob die Ehe bedroht ist, und ob wohl die Welteislehre recht behalte. Sie leben nie auf dem Fleck, wo sie sind, und bewohnen die wüste Leere der Prinzipien. So dürft ihr mir nicht auf den Holzweg geraten, Mädels, immer schön menschlich bleiben.«

Die Mädchen verstanden ihn und liebten ihn darum.

Er war ein Künstler des Lebens, der spielend seine ethische Linie formte und die ihrige mit. Alles war hoch und weit um ihn herum; Kleinlichkeit war ihm verhaßt wie schlechte Luft, und was er sagte, hatte Mark und Knochen.

Maria, die zwei Jahre ältere der beiden Schwestern, Gärtnerin von Beruf, seit dem letzten Winter in Berlin verheiratet, ist im Wesen nicht sehr verschieden von der Schwester. Der stark prägende Einfluß des Vaters ist daran schuld.

Als ihm Maria damals ihren Entschluß mitteilte, sagte er nur: »Berlin? Wo liegt denn das?« Später aber meinte er: »Nun bin ich gespannt, ob du dort auch ein menschenwürdiges Dasein wirst treiben können!«

Gerade weil Martin Eisenlohr mehr ist als ein Charakter, ist er Richtung und Maß für seine Töchter. Er lebt in seinen eigenwilligen Redewendungen in Kopf und Herz der Kinder mit; wo sie auch immer getrennt von ihm leben, zitieren sie ihn, ohne es ausdrücklich zu wollen: Hier hätte Vater gesagt, oder: Dort würde Vater sagen.

Peter hört dies ungern und mit Sorge; aber er sagt es nicht, denn er ist eifersüchtig auf Ursulas Vater, – er läßt überhaupt kaum eine Gelegenheit zur Eifersucht unbenutzt vorübergehen. Er hat zwar Martin Eisenlohr nur einmal kurz gesehen, aber sofort gespürt, wie groß der Gegensatz der beiden für das Mädchen sein mußte. Damals saß Ursulas Vater mit seinem Jagdaufseher bei einem Glas und schimpfte weidlich über die kleinliche Langsamkeit der Behörden.

»Es ist wie immer bei diesen Beamten«, sagte der alte Eisenlohr, »sie haben viel Kastengeist und wenig Geist im Kasten.«

Das hört kein Sohn gern; und Ursula tut nicht gerne weh. Also schweigt sie.

Sie fahren schon die schwindelnden Kehren des Gotthard; die Seen mit dem lärmenden Sommer liegen hinter ihnen. Die Sicht ist groß und oft erschreckend.

Ascona am Lago Maggiore

»Lassen wir das Tiefland, Peter, das Primitivland, wir wollen es vergessen.«

Das Mädchen schüttelt die Gedanken ab, die sie hierhergeführt.

»Die Welt ist doch so groß und schön.«

»Glaubst du, wir schaffen's heute noch?«, fragt der Mann, der auch lieber vorwärts schaut.

»Wir werden schon können, was wir wollen.«

»Aber was wollen wir denn?« Ursula schaut nach der Uhr.

»150 Kilometer bis Ascona«, rechnet Peter aus …

»Der Name klingt! Ihm zuliebe werde ich's versuchen.«

Ursula gibt mit Überzeugung Gas. Dann ist dieser Tag nur noch Sport. Es ist nicht mehr viel von ihm zu berichten. Sie hasten vorbei an Namen, die man singen möchte, und an Gärten, die man lieben möchte, bis sie am Ziele sind, am See, im Tessin, wo eigentlich?

Sie haben's geschafft und sind müde geworden, mehr wissen sie nicht. So müde sogar, daß sie, ohne viel zu suchen, unterschlupfen in dem großen Hotel mit dem verpflichtenden Namen, das sich prunkvoll und beherrschend über See und Hügel erhebt.

»Tut nichts«, meint das Mädchen, als Peter sie fragend anschaut.

»Am ersten Abend ist das Hotel immer falsch. Ich will nur schlafen.«

Und später, als sie sich wohlig und faul gerade unter die Decke streckt, kommt Peter und sagt gute Nacht.

»Dreh' das Licht aus, Peter«, bittet sie wie ein Kind.

»Das Licht ist aus, Liebling. Es ist der Mond und die Welt.«

»Dann dreh' die Welt aus; ich habe genug.«

Ein Hotel nicht ganz wie alle

Freude zeigen können, ist das Geheimnis der reichen Naturen. Das Mädchen Ursula kennt dieses Geheimnis. Morgens, als sie vom ersten Sonnenstrahl verlockt das Fenster weit aufstößt, ruft sie in seliger Wonne:

»Das ist ja toll, Peter! Schnell kommen, Peter, ehe das Märchen zerrinnt. Hier hat Landschaft wirklich Land geschaffen. Hier gibt's aber auch alles.«

Da ist ein glitzernder See, grüne Berge mit Dörfchen am Hang, weiße Berge darüber, blauer Himmel mit herrlichen Wolken; darunter ein Dorf mit einem strengen Campanile, eingesäumt von Tannen, Lorbeer und Palmen, dahinter sanftes Schwemmland mit eins – zwei – drei Häuschen und einem weichen Strand.

Es ist fast zu viel für einen einzigen Blick.

»Hier bleiben wir«, jubelt Ursula. »Schnell anziehen, fertig machen, den Garten erkunden.«

Ist das ein Garten! Da gibt es Leute in den buntesten Kostümen; Frauen spazieren in weiten Hosen und riesigen Hüten aus derbem Stroh, Männer in Lufthemden wandeln unter roten Sonnenschirmen; geschminkte Gesichter mit Ohrringen liegen im Badeanzug auf der Wiese. Fremde Steingötter, im Park verstreut, betrachten versonnen diesen Spuk.

»Ist hier im Sommer Fasching, Peter?«

»Nein«, sagt er weise, »man glaubt nur, der Luft hier das schuldig zu sein.«

Das Mädchen wundert sich. Auch das Hotel, eigenartig in seinem Bau, ist gar nicht wie alle.

Hotel Monte Verità, Ascona (Südseite)

Der Nebenaufgang duftet nicht nach Küche, und der Teppich, der die Treppen belegt, weicht nicht im zweiten Stock der üblichen Matte. Selbst der Lift scheint in vollem Betrieb. Nur der Direktor trägt den schwarzen Rock, die Lebenslüge seines Standes.

»Die Sache mit Ascona ist richtig, Peter«, sagt das Mädchen nach vollendeter Besichtigung. Nachdrücklich hängt sie dabei die Kleider aus dem Koffer in den Schrank. Das bedeutet gute zehn Tage. »Aber wenn ich ein Hotel zu leiten hätte, Peter, wären mehr Kleiderbügel im Schrank, Blumen auf dem Tisch und obendrein Streichhölzer und Seife im Zimmer, weil man die eigene stets vergessen hat. Und jeder Gast bekäme eine Karte der Umgebung oder sonstwie etwas Nettes zum Freuen.«

»Freilich«, sagt der Mann trocken, »und Pralinées auf dem Nachttisch und einen handgeschriebenen

Willkommengruß vom Besitzer.« Er berechnet im Kopf die Unkosten dieser weiblichen Betriebsführung.

»Ihr seid so klug, ihr Männer, ihr dürft auch weiterhin die Welt regieren. Übrigens habe ich keineswegs an Orchideen gedacht.«

Ursula widmet sich mit gekränkter Hingabe rücksichtslos ihrem Koffer.

»Was ziehen Madame heute an?« fragt Peter, weil er Ursula versöhnen will.

»Etwa die ›große Täuschung‹«, sagt das Mädchen, »oder soll ich lieber das Bettuchkleid nehmen?«

Er rät zur ›großen Täuschung‹, ein Kleid, das sie damenhaft und streng erscheinen läßt.

Also nimmt sie das Bettuchkleid. Sie gefällt ihm auch so. Dann kommt der erste Schnuppergang durch den Ort. Um eins wird der Schnuppergang im Speisesaal fortgesetzt. Hier bekommen die Tische Zeichen – die Gäste Namen. Das ist das große Vergnügen des Tages.

Gleich neben Peter sitzt ein dünnes Fräulein, dem die Sonne rote Flammen bis auf den Hals geschlagen hat. Man würde das Fräulein sehen und gleich wieder übersehen, wenn nicht Maxi, der Hund, ihr brav zur Seite gelegen wäre. Er sieht nicht eben klug in die Welt, dieser Hund, ahnt er doch auch die Pflicht, Hort zu sein für die zärtlichen Gefühle seines schmalen Frauchens. Leise klagend wird er zuweilen: Maxi, Maxi gerufen, weshalb Ulla Frauchen zur Maxikanerin aufrücken läßt. Auch Frauchen wirft einen kurzen, artigen Blick auf ihr neues Gegenüber, um sich sofort wieder der sittsamen Hingabe an den gefüllten Teller zu widmen.

»Diese Art Maxikanerin wäre keine Hilfe zum Pferde stehlen«, meint Ursula sachlich und wendet sich damit einem neuen Fall zu.

An der Fensterseite, rechts von ihr, stehen zwei Tische, die man weniger leicht übersehen kann. Es ist der Tisch des netten Trios und der Sachsentisch. Die Sachsen sind zwar gar keine Sachsen, sie sehen nur so aus, aber der Name bleibt.

Die Frau trägt eine falsch verstandene Mode, vielerlei grelle Farben, als ob sie sich von keiner zugunsten einer besseren hätte trennen können. Außerdem ist sie rundlich und hat gutmütig-schwarze Kulleraugen, die die Neulinge scharf aufs Korn nehmen.

Der Mann ist die sieben mageren Jahre seiner Frau; er sitzt mit Photo und Baedeker bei Tisch und läßt es sich gut schmecken. Ursula hätte ihn deshalb gern zum Holländer gemacht, aber Peter ist dagegen. So bleibt es bei den Sachsen.

Am Schlusse der Prüfung lächelt die Frau Ursula leise zu; das ist eine Art Heimat im fremden Land.

Das nette Trio ist ganz anders; eine Frau zwischen zwei Männern kann keine Zeit für andere haben. Alle drei sehen sportlich, modisch und vergnügt und deshalb überlegen aus. Der Ehemann, obwohl er einen guten Kopf hat, ist mit dicklichen Bäckchen gestraft, die man ihm gerne in die Länge gezogen hätte. Scheinbar liebt er kleine Bosheiten und gibt große dafür zurück. Ursula möchte gerne mit ihm streiten.

Nicht aber mit der Frau, die ein wohlaufgeräumtes, ebenes Gesicht hat und vier Querfalten auf der Stirn – wenn sie angeregt spricht – mit Grazie trägt. Sie spricht oft angeregt, denn der Freund ist dabei. Er trägt eine weiße Leinenjacke und wippt bei Tisch so mit dem Fuße, daß der ganze Mann in Bewegung gerät. Diese Sitte beim eigenen Mann hätte die Frau längst böse gemacht. Die drei scheinen eine undurchdringliche Einheit zu sein. Schade, denkt das Mädchen, die Abende sind lang. Jedoch, man kann nie wissen ... Auf alle Fälle beneidet sie diese Frau mit einem seltsamen Gefühl der Unterlegenheit, das ihr gar nicht zukommt.

Die Mitte des Saales ist wie eine Festung besetzt von der Familie aus Luxemburg, die von den Großeltern bis zu den Enkeln völlig vertreten ist. Ursula nennt sie das Ahnenschloß. Die kleinen Mädchen tragen unwahrscheinlich kurze Kleider und ihre Mutter ebensoviel Schmuck. Die beiden alten Herren grüßen gemessen im Stil der spanischen Reitschule und sprechen mit niemand ein Wort. Die Damen scheinen in gefrorener Luft zu sitzen und versteinert zu sein.

»Das Ahnenschloß möchte ich nicht kennenlernen«, sagt Ursula prüfend, »es würde nicht lohnen. Viel eher die dort drüben bei den roten Nelken, siehst du? Ist sie nicht wie ein Titelbild?«

Das Titelbild ist eine Frau mit frischem Gesicht, das jeder schon irgendwo einmal gesehen haben wollte. Sie ist sehr groß, sehr stark, sehr lustig; ihre Augen ruhen keine Minute; sie ersetzt der Nachbarschaft das Kino und glaubt, zur Freude geboren zu sein. Scheinbar kennt sie das ganze Haus und preist auf diese Weise ihr Bekanntsein an. Sie würde enttäuschen, wenn sie nicht alle Spiele des Müßiggangs mit gleicher Fertigkeit beherrschen würde.

»Nicht mein Fall«, sagt Peter und rümpft die Nase; »viel zu gewollt.«

»Was verstehst du schon von Frauen, Peter!«

Ursulas Ton ist nachsichtig verzeihend; sie sinnt schon auf Wege, die sie zum Titelbild und zu all den bunten Abenteuern führen, die es verspricht.

In der Nähe dieser Frau sitzt ein Mann allein vor seiner Limonade. Er scheint sich nachdrücklich abzusondern von ihrem Kreis und fällt daher auf. Scheinbar langweilt er sich aus Passion. Auch wenn er sich gar nicht bewegt, muß man an Golfschläger denken und schweinslederne Koffer.

»Siehst du«, sagt Peter abwägend, »den finde ich nett, der würde lohnen.«

In Gedanken spielt er schon Schach mit dem schweigsamen Gast.

»Ich schenke ihn dir«, sagt wegwerfend das Mädchen; »genau so fade wie alle Engländer.«

Sie weiß wohl, daß ihr Englisch mangelhaft ist, deshalb ist auch ihr Interesse mangelhaft.

Mit Hingabe prüft sie dann die Küche des Hauses, die nicht minder wichtig ist als seine Gäste.

Auch verlieren sich mit der Entfernung der Tische die Umrisse ihrer Besitzer, und außerdem verklärt die Unkenntnis des ersten Tages den bloßen Trug.

Die Tatsachen der Speisen jedoch sind nach ein paar Bissen lückenlos klar.

Der Tisch links von den beiden bleibt lange frei; es ist kein guter Tisch. Man setzt die Neulinge in diese Gegend; immerhin, es ist schade, denken sie, es wäre netter gewesen, man wäre nicht so in der Luft gehangen, man hätte auch auf dieser Seite teilnehmen können an der großen Familie Hotel!

Da, ganz zum Schluß, sie sind schon bei den Nüssen, laufen flinke Füße, die aufhorchen lassen, an diesen Tisch.

Sie tragen einen großen, blonden, aufrechten Mann. Er grüßt, wie man aus Höflichkeit grüßt, blickt klug und scharf seinen Nachbarn ins Gesicht und läßt sich mit einem Ruck nieder. Er nimmt, ehe seine Suppe kommt, einen Brief aus der Tasche und liest. Seine Hände sind seltsam beweglich und ziehen durch ihre Geschmeidigkeit die Blicke magisch an. Der Mann fesselt, ohne sich Mühe zu geben.

Die Schrift des Briefes, groß und steil, steht verdeckend vor seinem Gesicht. Ursula hätte gerne mitgelesen, es wäre leicht gewesen, denn die Tische stehen dicht und die Schrift ist klar, aber Peter erhebt sich schon.

»Fertig«, sagt er und schiebt seinen Stuhl weg, was nicht eben höflich ist. Ursula läuft brav hinter ihm drein zur Türe hinaus. Im Vorbeigehen erhascht sie gerade noch die Überschrift des Briefes: Mein lieber, lieber Kurt!

»Er ist verlobt und heißt Kurt«, berichtet sie draußen ihrem Freund.

»Frauen sind seltsame Wesen«, meint dieser nur kopfschüttelnd; er ist milde, denn er hat gut gespeist.

Den Nachmittag verspielen sie wie zwei Kinder am Strand; hellblaue Wolleknäuel unter andern bunten Wolleknäueln, Öl im Gesicht, um zu bräunen, und grüne Brillen auf der Nase wie alle.

Der liebe, liebe Kurt läuft kurz, schnell und prüfend einmal am Strand entlang. Er ist korrekt gekleidet und scheint nicht baden zu wollen.

»Warum badet er wohl nicht?« fragt Ursula erstaunt.

»Frag ihn doch selbst«, sagt Peter barsch. »Was geht mich dieser Fremdling an?«

»Aha«, sagt Ursula mit ihrem Bärengesicht, »aha, aha.« Sonst nichts.

Aber Peter mag plötzlich nicht mehr Wasserball spielen.

Abends um sechs sitzen sie faul vor dem kleinen Café in der Gasse und löffeln ein rotes Gebräu. Das muntere Mädchen Fede, das hier bedient, kneift und stupst ihre Gäste je nach deren Bedeutung.

Peter, der Neuling, bekommt ein erstauntes: »Nanu, wer sind wir denn?«

Er weiß nicht, was sagen, und schaut betreten auf die Frau an seiner Seite.

Ursula lacht und sagt: »Er ist ein Mann ganz ohne Furcht und Tadel.«

»Schade«, meint Fede und ist schon wieder fort.

Sie hat auch viel zu tun im Kreise der Größen und Gernegrößen, die hier aus- und eingehen, Briefe schreiben, Minestra essen, Dorfklatsch treiben und sich die Zeit versitzen. Es ist ein buntes Kommen und Gehen von Frauen in Hosen und Männern in Blusen, deren Farben wetteifern mit der Buntheit des abendlichen Himmels und den gelben, grünen und roten Tränklein auf den Tischen. Sie reden und lachen und lästern und grüßen hin und her; jeder scheint jeden zu kennen.

Das macht Ursula, die niemand kennt und noch nicht dazu gehört, ein wenig traurig. Peter natürlich ist ganz anders; er genießt diesen Korso als ein Theater, bei dem er keine Rolle spielen will.

Durch dieses Getriebe in der engen Gasse hupen sich Autos einen Weg. Bisweilen halten sie, winken, lachen, grüßen und weichen erst, wenn das Gedränge zu toll geworden.

In einem kleinen, ganz kleinen Wagen schlendert der liebe, liebe Kurt vorbei. Er grüßt das Titelbild, das in einem Kreis lustiger Leute sitzt.

Der große Postautobus, der schrill vorbeihupt, scheint den kleinen Bruder an die Wand kleben zu wollen.

»Schau mal, Peter«, sagt Ulla listig, »die Post ist ein gutes Unternehmen, du brauchst ihn gar nicht selber beiseite zu drücken.«

Peter gibt seine Antwort nicht kund; der Tag ist viel zu schön dazu. Überdies ist der liebe, liebe Kurt schon wieder weitergefahren.

»Was tun wir jetzt?« fragt er nach einer bedächtigen Weile.

»Selbstbeschäftigung, zwei Stunden lang«, schlägt Ursula vor, die plötzlich von dem heftigen Wunsch, allein zu sein, überfallen ist.

»Zwei Stunden?« fragt er zögernd; »das ist lange.«

Marianne Werefkins 70. Geburtstag im Café Verbano mit Fede (stehend)

»Gar nicht lange; ein Zwölftel des Tages! Lächerliche Summe!«

Ursula steht schon auf. »Ich muß schreiben, Papa wartet längst darauf.«

Sie geben sich die Hände wie ein großes Versprechen.

»Ciao«, ruft Fede ihnen nach; »bald wieder zu mir kommen.«

Ursula steigt allein auf ihren Berg; sie fühlt sich frei und leicht. Peter ist dem See zugegangen. Sie will lesen, reden, schreiben, allein sein, sie weiß nicht recht, was sie will; sie weiß nur, daß sie diese einsamen peterlosen Stunden braucht.

Es ist immer so bei ihr, daß sie diese dringenden Wünsche plötzlich überfallen und sie solange besetzt halten, bis sie erfüllt sind. Meist weiß sie dann nicht mehr, weshalb es so gewesen. Mit allem geht es so, mit Schlaf, Hunger, einer Absicht, einem Gedanken. Nichts kommt leise und schleichend zu ihr heran.

Jetzt aber, da der Wunsch gewährt ist, hat er den Zwang verjagt; eine klingende Helle ist dafür eingezogen.

Froh steigt sie den Berg hinan. Die Sicht wird schöner von Stufe zu Stufe. Ein weiter Himmel spannt sich rosa und gelb über die Stelle der Welt. Ursula geht und ist jedem gut, der ihr entgegenkommt.

Sie denkt an Peter, freut sich und lächelt, denn sie versteht ihn.

Plötzlich hält ein Wagen mit hartem Bremsen neben ihr. Sie schreckt auf; es ist der Wagen des lieben, lieben Kurt.

»Darf ich Ihnen den Berg ersparen helfen, gnädiges Fräulein?« fragt eine Stimme in dem weichen Dialekt der Wiener.

»Ich kann mich doch nicht einfach zu einem fremden Herrn in den Wagen setzen«, sagt Ursula mehr mit dem Mund als mit dem Herzen.

»Solche städtischen Gesetze gelten hier überhaupt nicht«, sagt er und legt den Ton so reizend auf die falsche Stelle dieses Wortes, daß Ursula es noch einmal gerne hören möchte. »Wir sind doch Tischnachbarn und gar nicht fremd.«

»Ja, meinen Sie?«

Ursula steht schon auf dem Trittbrett und lächelt.

Er öffnet die Türe, sie setzt sich; sie fahren los.

»Sie sind noch nicht lange hier«, sagt er, wie es die übliche Rede des Beginnens verlangt.

»Und Sie scheinen ein scharfer Detektiv zu sein«, spottet das Mädchen. Spott ist immer gut gegen Verlegenheit.

»Vielleicht«, sagt er mit einem schrägen Blick. »Jedenfalls schaue ich mir meine Leute immer gut an.«

»Ihre Leute?«

»Nun ja, meine Leute.«

Kleine Pause.

»Wenn ich nicht Angst hätte vor banalem Gerede, würde ich auch wissen wollen, wie lange Sie schon hier sind.«

»Einen halben Tag.«

»Das ist gerade richtig«, nickt das Mädchen. »Die Langansässigen haben gar keinen Wert für uns; sie sind schon viel zu festgefahren in ihrem alten Kreis und haben keinen Kopf mehr für die Neuen. Auch reisen sie meist zu bald wieder ab.«

»Ich reise auch bald wieder ab«, sagt der Mann, aber es klingt wie ein Scherz.

»Warum?« fragt Ursula schnell.

»Arbeiten, immer arbeiten. Ich kann's nicht aushalten ohne Arbeit; sie ist trotz allem das Schönste im Leben.«

Ursula schaut betroffen auf diesen Mann, der spielerisch seinen Wagen die Kehren fahren läßt. Sie sagt nichts.

»Wenn man arbeitet«, meint er wieder, »hat man keine Zeit, über den Sinn des Lebens nachzudenken, deshalb liebe ich die Arbeit.«

Dies klingt so leicht, als rede er vom Wetter; es paßt auch nicht zu ihm, denkt das Mädchen und lenkt ab.

»Wissen Sie, daß wir Ihnen schon einen Namen gegeben haben?«

Das Hotel ist in Sicht; sie hat ein prickelndes Vergnügen daran, dem Fremden vorher ihre kleine Schuld zu gestehen.

Er sieht sie fragend an.

»Sie sind der liebe, liebe Kurt; ich habe bei Tisch in Ihren Brief geschaut.«

»Reingefallen«, lacht der Mann, »der Brief gilt gar nicht mir; ich bekam ihn nur zur graphologischen Beurteilung.«

Dies freut das Mädchen auf eine merkwürdige Weise; sie wundert sich selbst über sich.

»Dafür kenne ich nun Ihren Beruf«, meint sie froh.

»Noch einmal falsch«, sagt er. »So schnell gibt ein Mann doch sein Berufsgeheimnis nicht preis.«

Der Wagen hält schon vor der großen Holzplastik des Eingangs.

Ursula fühlt sich betrogen, sie wird ein wenig ärgerlich, hüpft aus dem Wagen und gibt dem Fremden kühl die Hand.

»Danke schön.«

»Nichts zu danken; man soll, wenn man kann, jungen, hübschen Damen jeden kleinen Gefallen erweisen. Junge, hübsche Damen sollen nicht allein Berg steigen müssen!« Dann etwas ernster: »Würden Sie mir auch einmal einen kleinen Gefallen erweisen?«

»Wenn ich könnte, ja«, sagt Ursula etwas verwirrt und geht davon.

Der Brief aber an Vater Eisenlohr ist infolge der zwiespältigen Gefühle der Schreiberin und ihrer gedankenlosen Pausen nicht gerade das Muster eines töchterlich glücklichen Ferienbriefes. Viel eher gleicht er in seinem Ton den Fetzen, die Wanderburschen auf dem Postamt nach Hause sudeln. Von Peter und dem Silbergrauen ist wenig die Rede. Um so öfter wiederholt sich darin das Wort Betrieb.

Währenddessen sitzt der Mann Peter auf einer ruhigen Bank am See. Er schaut den Nachen zu, die heimkehren, den Vögeln, die sich ihr Futter picken, den Menschen, die es so wichtig haben.

Er ist nicht gerne allein; nur aus Klugheit folgt er dem Wunsche des Mädchens, sich zu trennen. Meist hält ihn die quälende Sorge besetzt, warum schickt sie mich fort und was tut sie wohl.

Er schaut oft nach der Uhr und denkt zum ersten Mal in diesen Ferientagen an Busse und an die Klienten. Hoffentlich wird Busse den Termin Kraft gegen Plügner nicht versäumen. Welcher Richter wird wohl diesen Fall bearbeiten? Gerade in diesem Fall wird es sehr auf die Person des Richters ankommen!

Nein, die Gedanken des Peter Mack sind weit weg von einer abendlichen Träumerei; froh ist er nur, wenn dieses Mädchen um ihn ist, dieses seltsame Mädchen. Und jetzt ist er noch nicht einmal allein mit seinen Gedanken; eine kleine lärmende Gesellschaft strebt auf seine Bank zu, um im Sitzen weiter zu lärmen.

Das Titelbild ist dabei und zwei Herren im Tennisanzug. Peter rückt zur Seite und steht dann auf. Er mag das nicht.

»Bleiben Sie, bitte«, sagt die Frau im besten Berlinerisch, »wir wollen Sie um Gottes Willen nicht vertreiben. Sie sind doch auch vom Berg oben, nicht wahr? Gestern abend angekommen; mir bleibt nämlich nichts verborgen.«

»Jawohl«, sagt Peter steif wie ein Portier.

»Und wo ist die große blau-weiß karierte Frau? Scheinbar doch nicht Hochzeitsreisende, wie? Es muß nämlich alles erforscht werden«, setzt sie versöhnlich hinzu.

Man dürfte ihr eigentlich nicht böse sein, sie ist zu natürlich dazu; aber Peter mag sie nun einmal nicht.

»Mack, Rechtsanwalt«, verbeugt er sich lakonisch, »ich gebe von Berufs wegen jederzeit alle Auskünfte.«

Die drei lachen; die Männer leiser, die Frau lauter.

»Na«, sagt sie, »ein andermal sind Sie hoffentlich gemütlicher; es gibt Leute, die sich erst anwärmen müssen, kenne das. Ciao; 'nen Gruß an die blau-weiße Dame.«

Peter geht; wenn er die Geschichte zu diesem Titelbild hätte schreiben müssen, wäre sie nicht liebevoll ausgefallen.

»Na, wie war's?« fragt er später, als er das Mädchen Ursula zum Abendbrot holt. Er legt so viel Gleichmut als möglich in seine Eifersucht.

»Schön war's«, sagt sie mit Absicht. »Ich habe mich mit dem lieben, lieben Kurt über den Sinn des Lebens unterhalten.«

»Ach, das ist diese neue Art, ungebildeten Mädchen den Hof zu machen.«

Peter tut sehr überlegen.

»Nebenbei ist dein Kleid viel zu zerdrückt, so kannst du nicht gehen.«

Er schaut kritisch auf seine Freundin, das will viel heißen.

Ursula kleidet sich wortlos um. Das will auch viel heißen. Was ist denn mit Peter los? Und drüben im Saal sieht sie, wie er das Titelbild grüßt und wie sie dankt, als kenne sie ihn seit Jahren.

Peter? Ist das ihr Peter?

Jedenfalls schmiegt sie sich später, als sie im Garten den Grillen zuhören und die kühle Nachtluft schmecken, fester in seinen Arm, als sie gedacht. Es rührt ihn nicht! Seine Stimmung liegt noch in Quarantäne; das muß anders werden. Sie gehen auch nicht, sie wandeln behutsam wie auf scherbigem Glas.

»Du kleines Scheusal«, sagt sie endlich brummend, »was hast du denn? Soll ich den Teufel in dir mit dem Beelzebub austreiben?«

»Nein«, sagt der Mann und hat sich schon halb ergeben, »das geht nur mit einem bösen, lieben, dummen, klugen, frechen, sanften Beelzemädchen.«

Regen am dritten Tag

Morgens noch halb im Hindämmern hört man schon dieses gleichmäßig bösartige Geräusch des feinen Rieselns; aber man will es nicht hören; man dreht sich noch einmal um. Später blinzelt man ängstlich; vielleicht dringen doch ein paar Sonnenstrahlen durch die Ritzen; vielleicht ist es doch nur eine Dachrinne gewesen, die sich auströpfelte. Regen in den Ferien ist eine persönliche Beleidigung. Was tut man denn mit diesem angebrochenen Tag?

Das Mädchen Ursula Eisenlohr horcht Antwort heischend in Peters Zimmer. Dort ist alles ruhig. Peter entzieht sich der Verantwortung, indem er schläft. So machen es alle Männer, denkt das Mädchen erbost; anfangs ist dieses Erbostsein belustigt, doch im Laufe einiger Regengedanken wird es beinahe echt.

Sie kleidet sich hastig an und eilt zum Frühstück hinunter; manchesmal muß man Flügel spüren, denkt sie dabei, und frei sein. Beinahe hat sie recht; allein sein hat Vorteile: Man sieht die Menschen besser, und die Menschen sehen einen besser.

Es ist auch, als lächelten die Leute dem heiter grüßenden einsamen Mädchen einen Grad herzlicher entgegen, und selbst der Ober rückt das Besteck beinahe liebevoll und nicht mehr so entpersönlicht Ursula zurecht.

Der Saal weist, da es noch reichlich früh ist, viele Lücken auf; alles scheint den Regen einbezogen zu haben in das Beginnen des Tages. Nur die leise und gar nicht hübsche Saaltochter sieht aus, als wäre sie diesem Tag nicht gewachsen. Sie hat rotgeweinte Augen.

»Was ist denn los, Fräulein?« fragt Ursula besorgt. Es ist mehr als die Neugier des Unbeschäftigtseins.

»Ach«, meint die andere erschrocken, »ich darf doch die Dame nicht mit meinen Sorgen behelligen.«

»Freilich dürfen Sie das, wenn es Ihnen etwas helfen könnte. Hat's Ärger gegeben mit dem Chef?«

Ursula ist es gewöhnt, Menschen als bare Münze zu nehmen. Sie zweifelt nie und geht dem Leid der anderen nach bis in seinen innersten Bezirk.

Das schwarzgekleidete Fräulein zögert ein wenig, sieht sich um und flüstert dann:

»Nein, nein; es ist eine ganz private Angelegenheit, Erbschaftsstreitigkeiten. Mein Mann ist arbeitslos in Deutschland und hat kein Geld, der Sache nachzugehen, und ich kann hier die Stelle nicht verlassen. Sie ist so wie eine Tausendjahrblume, diese Stelle.«

Sie hantiert ängstlich mit dem Geschirr; es ist nicht nötig, daß der Ober sie ertappt. Ursula sieht plötzlich in diese völlig andere Welt. Freilich, so viel Menschen es gibt, so vielerlei Sorgen gibt es. Man ist gar nicht allein auf der Welt, sie ist voll Hilfsbereitschaft und guter Pläne.

»Mein Freund ist Rechtsanwalt; er kann Ihnen sicher einen Rat geben; das kostet gar nichts und hilft bestimmt.«

Sie möchte so gerne wie ein Kind, das keine Tränen sehen kann, die Stirne glätten mit diesem Zauberwort Rechtsanwalt.

»Wie dürfte ich Sie belästigen«, fragt das schüchterne Fräulein hoffnungsfroh.

»Sagen Sie mir Ihren Namen, bitte.« Ursulas Stimme hat schon einen Seelsorgerton.

»Ich heiße Hilda.«

»Gut, Fräulein Hilda, bei Tisch erzählen Sie Doktor Mack von Ihren Sorgen, und dann regnet es bestimmt nicht mehr.«

Das Fräulein lächelt mit einem scheu dankenden Blick.

Ursula freut sich auf diese Aufgabe. Gutes tun macht hungrig. Sie freut sich auf Brötchen mit Honig. Dann kommt der liebe, liebe Kurt. Er sieht städtisch gekleidet aus und scheint seinen traurigen Tag zu haben.

»Mein Kompliment«, sagt er mit einer weichen Verbeugung und setzt sich an seinen Tisch. Seine Augen passen nicht zu seinen Worten.

Immer wieder verblüffen diese Wiener durch ihre völlig andere Art, deutsch zu reden. Er meint gar nicht, mein Kompliment, er meint, guten Morgen.

Später sagt er über den Tisch:

»Solch ein Regentag ist eine Prozedur in Moll.«

Ursula ist entzückt; das will sie Peter sagen; mein Gott, Peter, sie hat ihn fast vergessen. Aber jetzt kann sie doch nicht ohne weiteres vom Tisch aufstehen.

Jetzt gerade, wo sich der liebe, liebe Kurt von seinem Stuhl erhebt und andeutet, daß er eine Unterlassungssünde gutzumachen habe.

»Von Reuchlin«, sagt er und verbeugt sich lässig und etwas traurig.

Es ist dem Mädchen, als stünde ihr plötzlich sein ganzes späteres Leben in übersichtlicher Deutlichkeit klar vor der Seele, wie es manchesmal sein mag, wenn sich der Augenblick auftut in seiner herrischen Unwiderruflichkeit. Ursula sieht und weiß sofort, dieser Mann ist für viele da; ich werde ihn nie ändern können. Diese Erkenntnis bringt sie ihm näher, als er ahnt, und macht traurig.

Leise sagt sie, daß sie sein Wortspiel reizend finde.

»Oh«, meint er und zieht Mundwinkel und Augen breit nach oben, »ich liebe solche kleinen Poeseleien; sie zeigen mir immer, welchen Weg ich einzuschlagen versäumte.«

Ursula fühlt sich verwirrt durch diese seltsame Art des Redens. Sie sagt nicht viel, löffelt und lächelt.

»Was für verschiedene Hände Sie haben«, meint der Mann sachlich, während er ein Ei köpft. »Die eine schlägt, und die andere streichelt, ich würde sie deuten, wenn ich nicht heute verreisen müßte.«

»Sie müssen schon weg?« Das Mädchen gibt sich keine Mühe, seine Enttäuschung zu verbergen.

»Ich habe rasch einen Auftrag bekommen«, sagt er, »aber ich werde zurück sein bis Ende der Woche.«

Das Mädchen schämt sich, weil das ein Aufatmen für sie bedeutet.

»Sie arbeiten auch in den Ferien?«

»Ich arbeite nur in den Ferien«, sagt er weich und unverständlich.

Peter oben in seinem Zimmer ärgert sich nicht wenig, daß Ursula ihn nicht geweckt hat. Es ist ihm nie wohl, wenn dieses Mädchen auf eigene Faust davonläuft. Dann aber beginnt er wie schon oft, dieses Gefühl der Unsicherheit zu bekämpfen. Ulla soll sich nicht bedrückt fühlen durch seine Liebe, er möchte ihr gerne alle Freiheit lassen, aber ob das auf die Dauer gehen wird? Nie wird sie das Brot der Stillen mit ihm teilen, nie wird er umpflügen können, was in ihr wurzelt.

Dennoch weiß er, daß das hergeflogene Gefühl ebenso unfertig ist wie der hergeflogene Gedanke. Auch Ursulas Gefühl kann nicht bestehen ohne Nachhilfe des Mannes. Erst wenn ihr Herz von der Vernunft erzogen ist, kann es der Vernunft entraten.

Er verspricht sich, gut und richtig an Ursulas und an seinem Gefühl zu arbeiten.

Nur das Ganze der Persönlichkeit, die nicht zerstört sein darf durch kleinliche Gebärden, kann sich ausleben in einem großen Gefühl. Er weiß es wohl. Aber leichter wird seine Praxis zur Theorie als diese Theorie zur Praxis. Es ist kein kleiner Weg von der Erkenntnis bis zur Vertilgung der Eifersucht. Peter seufzt und rasiert sich vorsichtig dabei. Was für eine Krawatte wird er heute nehmen? Er ist hilflos ohne Ursulas Rat. Trotzdem bestimmen ihn diese Gedanken, entstanden beim morgendlichen Ritual, Ursula eine Freude zu machen. Er will sich selbst überwinden; er wird irgend etwas tun, das sie verblüfft, er wird ins Dorf gehen, einkaufen.

Froh eilt er den Berg hinab; er nimmt den steilen Staffelweg, immer zwei Stufen auf einmal und pfeift dabei. Er wird Ananas kaufen oder Pampelmusen oder sonst ein lockendes Wort. Es ist schön, einen

Bucht von Ascona

Menschen zu haben, dem man Freude machen kann.

Es ist auch schön, hier zu sein in diesem beglückenden Nest, die Blumen zu sehen, die leuchtender scheinen im Regen, und die Düfte zu schmecken, die würziger geworden sind durch ihn. Hier ist ein verwittertes altes Haus und dort ein umwachsener Bogen mit Ausblick auf den See; da ein Malerwinkel und hier ein Zaubergarten. Und alles ergänzt und überschneidet sich auf eine leichte und beglückende Weise.

Peter, der schwere Mann, wird selbst leichter und schneller dadurch. Er sinnt, ob nicht das Künstlerische, das seinem Wesen fehlt, hier zu finden wäre.

Unten im Obstgeschäft auf der Dorfstraße hängt die Ananas, die er sich wünscht. Er betrachtet diese vollkommene Frucht, die, ehe sie ihm übergeben wird, in eine sorgsame Hülle gepackt wird.

Sie ist wie Ursula, denkt er, Stacheln verdecken von außen die innere Süße.

Man läßt ihm nicht viel Ruhe zu diesen Gedanken. Das Titelbild, noch bunter als gewöhnlich, stört ihn. Es nimmt sich wunderlich aus vor den Körben mit vielfarbigen Früchten.

»So«, sagt sie in ihrer lauten Art, »auch Rohköstler? Ich kämpfe schon lange den heldischen Kampf gegen das Fett; es ist leider bei mir gänzlich zwecklos. Nur Sorgen und unruhige Nerven machen schlank, ich bin auch seelisch dick, wissen Sie, falls Sie das nicht schon selbst gemerkt haben sollten.«

Dabei beißt sie schlürfend in einen Pfirsich. Peter fühlt sich nicht wohl in der Nähe dieser Frau, die absichtlich die Grenzen zwischen Derbheit und Originalität verwischt. Er sagt irgend etwas Ausflüchtiges, das gar nicht gehört wird.

»Wir haben denselben Heimweg, nicht wahr«, bemerkt die fremde Frau so selbstverständlich wie eine Bekannte; »Regen ist doch die beste Gesichtsmassage.«

»Jawohl«, meint Peter im Ton des gut erzogenen Kammerdieners.

Sie zahlen und gehen einträchtiger, als sie sind, durch Blumen und Düfte und Gäßchen dem Berg entgegen.

Nur fühlt man, behindert durch diesen Nebenmenschen, der nur ein Nebenbeimensch ist, nicht mehr so innig das Wesen der Natur, die Kraft jenes Baumes und die Vollkommenheit seines Gesetzes.

Man geht so dahin.

»Möchten Sie für immer hier leben?« fragt plötzlich die fremde Frau den fremden Mann. Der Ernst, der in dieser Frage liegt, scheint im Widerspruch zu stehen zu dem künstlichen Rot der Lippen, die das sagen.

»Ich könnte mich nie verpflanzen«, sagt Peter streng, mehr zu sich als zu der Frau. »Meine seelischen Grundkräfte gehören zu einem andern Land, stammen aus einem andern Land. Es könnte mir nichts Schlimmeres geschehen, als von dort vertrieben zu werden. Das hier ist ausruhen, treiben lassen. Mehr darf es nicht werden.«

»Bei mir ist das ganz anders«, sagt die Frau lebhaft. »Gerade das Andersartige dieser Landschaft und dieser Menschen übt einen geheimnisvollen Einfluß auf mich aus. Es macht mich jünger. Ich fühle mich hier in einem Raum, der von Versprechungen strotzt.«

»Wohl möglich, sogar erklärlich«, meint Peter, »aber man muß dazu mehr künstlerische, intuitive Natur sein, als ich es bin. Frauen gehören ja zu dieser Art; jedes Land ist nicht nur Raum, es ist auch Zeit. Ebenso befindet sich jedes Land in einem bestimmten Zustand der Kultiviertheit, die sich nach den eingebornen Menschen, die es bewohnen, richtet. Die Synthese des Deutschen, wie ich es bin, mit diesen Tessinern ist nicht gut. Man würde andere seelische Grundkräfte brauchen, damit es gelänge; oder aber, es bleibt jeder das, was er war, nämlich allein.«

Er ist etwas ins Dozieren geraten, ohne zu wollen und ohne zu wissen wieso. Er schaut betroffen die Frau an seiner Seite an.

Sie hat ihm ohne Spott gelauscht, ihr Gesicht hat sich geändert. Puder und Schminke sind nicht mehr Bestandteile ihres Anlitzes, sie scheinen mit einem Mal wesenlos und aufgeklebt wie eine Maske. Darunter leuchtet eine Echtheit von Herzlichkeit und Wärme, die er bisher nicht sehen konnte.

»Warum schminken Sie sich?« unterbricht sich Peter brüsk und betrachtet die Frau mit sezierendem Blick.

»Warum putzen Sie sich die Zähne?« sagt sie zurück. »Denken Sie etwa täglich darüber nach? So geht es mir auch. Man macht's, weil es die Mode will; man wird hier so schnell ein anderer Mensch, innerlich meine ich, daß man genügend damit zu tun hat. Äußerlich bewahrt man seinen ganzen modernen technischen Apparat, das ist viel einfacher, bequemer. Aber reden Sie doch weiter. Sie haben vernünftige Dinge gesagt! Ich höre gern, wenn andere Leute auf ganz andern geistigen Pfaden zu den Ergebnissen kommen, die ich verlassen muß.«

»Das ist alles, was ich Ihnen über diese Frage sagen könnte«, meint Peter steifer, als er wollte. »Ich bin ein einseitiger, amusischer Mann, ich weiß es, der Antipode des Künstlers, aber ich bin es ganz, und darum bin ich glücklich.«

Warum verrät er wohl dieser fremden Frau Dinge, die sonst ungesprochen in ihm schlummern? Er mag es nicht, daß ihm eine andere Frau als Ursula zu Erkenntnissen verhilft, die wesentlich sind.

»Ich spüre genau das Gegenteil«, meint die Frau, die in diesem Augenblick alles andere ist als Titelbild.

»Die Probleme meines Lebens scheinen sich hier verschoben zu haben. Zu Hause waren es die einer vorgerückten Zivilisation; zeitraubende unnütze Verpflichtungen, die nichts eintrugen. Hier erlebe ich die wunderlichste Vereinfachung meines Wesens; alles Unnötige fällt ab, man wird verbundener mit der Natur und ferner den Menschen. Und inmitten dieser simpleren Probleme fühle ich mich tauglicher. Ich spüre Übermut, Kraftüberschuß, eine zweite Jugend, einen neuen Beginn, und das ist schön. Scheinbar glauben Sie nicht so recht an diese meine Metamorphose, wie?«

Sie sieht zweifelnd in Peters undurchdringliches Gesicht.

»Nein«, sagt er, »das ist es nicht; ich wundere mich nur über die Gedanken, die Sie beschäftigen, Sie sehen ganz anders aus ...«

Er denkt dabei an Ursula; dieses Mädchen täuscht nicht, sie sieht so aus, wie sie ist. Oder glaubt er das nur? Will seine Liebe ihm eine billige Gewißheit schenken? Er weiß es nicht mehr, er spürt nur, wie eine heiße Welle Sehnsucht ihn ergreift. Ursula!!

»Man soll nie dem äußeren Trug glauben«, sagt dabei die Frau, deren Namen er noch nicht einmal kennt, an seiner Seite.

»Ich bin dick und geschminkt; na, sollte das alles sein? So billig braucht man's doch nicht zu geben!«

Müßte ich mich jetzt am Ende unserer langen Beichte etwa vorstellen, überlegt der Mann. Er weiß keine richtige Überleitung dazu. Schließlich verbeugt er sich aus einem seltsamen Zwang: »Peter Mack.«

Die fremde Frau lacht herzlich.

»Sie sind wundervoll! Ist das etwa eine Antwort auf meine Frage? Aber wenn es unbedingt sein muß: ich heiße Gabriele Schilling und bin aus der verruchtesten Gegend Deutschlands, aus Berlin W.«

»Mein Beileid«, sagt der Mann in gekünstelter Heiterkeit. Steht da nicht oben auf der Terrasse des Hotels Ursula und schaut nach ihm aus? Er fühlt sich in eine völlig falsche Lage gedrängt. Seine Schritte werden so rasch, daß ihm die Frau kaum folgen kann.

Es gibt noch ein paar Worte hin und her, ein paar angedeutete Pläne und Verabredungen und dann verabschiedet er sich schnell und geht.

Er winkt mit dem Obstpaket zu Ursula hinauf.

»Hallo, hallo!«

Jedoch unter Ursulas verschlossenem Gesicht bekommt die Ananas ein anderes Vorzeichen.

Aus einer Morgengabe wird ein Sühnegeschenk ohne jede Schuld. Es ist zu dumm. Peter, geschult in der herben Lehre der Eifersucht, weiß alles, was das Gesicht des Mädchens verbirgt. Seine Worte schmelzen zu einem unverständlichen Gestammel. Mißverständnisse, nicht als Mißverständnisse. Und Ursula, die Schlaue, hat ein Spiel ganz ohne Einsatz gewonnen.

»Guten Morgen, Peter«, sagt sie ohne jeden schmollenden Unterton.

»War's recht schön? Ich dachte du schliefest noch; so kann man sich täuschen, siehst du?«

Ferien! Das ist doch, auf einer Wiese liegen und in den Himmel schauen oder mit weiten Armen in ein Wasser greifen und bei jedem Zug denken, wie ist es schön, oder auch gar nichts davon und nur ein lässiges Schlürfen der Sekunden, die da vertreiben.

Aber Regen? In welchem Programm hat Regen Raum, er verwandelt die Welt und die Menschen und zeigt, wie abhängig sie sind von diesen winzigen Wassertropfen.

»Regen kommt in der besten Sommerfrische vor«, sagt Peter am Nachmittag zu seiner Freundin. Sie steht im schwarzglänzenden Lackmantel wie ein Seemann vor der Türe und horcht ins Wetter hinaus.

»Gut«, sagt sie »packen wir's; bei schönem Wetter kann's jeder.«

So stapfen sie los, Ronco, zu; das stetige Plätschern des Regens umhüllt sie in einer harmonischen Weise. Es ist nicht nötig, daß sie viel reden. Peter dankt dem Mädchen, daß es großzügig ist, wie er glaubt, weitherzig, verstehend, verzeihend, kurzum herrlich wie nur eine. Sie braucht nicht viel zu sagen von Hilda, dem weinerlichen Servierfräulein, er wird alles tun, was zu tun ist, umsonst natürlich, man denkt nicht an Geld in den Ferien, man denkt nur an Freude und daran, Freude zu geben. Das bißchen Regen ist wirklich gar nicht so schlimm. Kurt, der liebe, liebe, scheint anderes zu lieben. Er war nicht mehr bei Tisch, Fahnenflucht vor der Langeweile; na, ihm soll's recht sein. Nur ein weiterer Grund, um der Zukunft froh ins Auge zu sehen.

Ronco

»Also die Sache mit Hilda ist gut bei dir aufgehoben, Peter?« fragt Ursula am Schluß ihres einseitigen Vortrags.

»Natürlich, Gute, sei ganz ohne Sorge! Gerade diese Angelegenheit erinnert mich an einen Fall, den ich am Anfang meiner Praxis behandelt habe. Das war so ...« Und nun erzählt er behaglich mit breiter Würde diesen einen Fall dem Mädchen, das ihm einen halben Schritt, leicht vornübergebeugt, mit achtlosem, etwas schlampigem Gang, vorausstapft. Ursula weiß, daß Zuhören der Dank sein muß für die Bereitwilligkeit. Sie wird Geduld haben müssen, er ist beim Thema zwei: Das erinnert mich an einen Fall ... Und da dieses Thema in den drei Tagen ihrer Reise zum ersten Mal anfällt, muß es geschluckt werden, als sei es eine süße Pille. Für Peter ist der Beruf Berufung; Ursula weiß es und hat Achtung davor; nur soll er nicht anders als in homöopathischen Dosen gereicht werden; Fachsimpeln heißt Simpel sein in seinem Fach.

Vorläufig lauscht sie und schaut den Wolken zu, die sich in rascher Großartigkeit verschieben, miteinander spielen und sich immer wieder in neue Farben verwandeln.

Es ist beruhigend, mit Peter zu gehen. Man glaubt an seiner Seite, die Welt sei rund und warte nur, sie beide aufzunehmen in ihre schützende Gewalt. Bei Hellmut war das anders; Unruhe und Angst vor seiner nächsten Laune lauerte in seiner Nähe. Auch ein Gang mit dem Vater ist anders. Das hieß meist lernen, aufsehen und freudig bewußt Kind sein; und mit der Schwester war es nur tollen, lachen und Unsinn reden.

Wie wenig von all den tausend Schritten, die man geht, bleiben haften, denkt das Mädchen an Peters Seite, während der Mann seine Fälle erzählt.

Manchesmal bleiben sie stehen und schauen durch rieselnde Bäume, lauschen, wie schiefergraue Steine die Tropfen aufprallen lassen, zurückschnellen und in kleinen Strahlen verspritzen.

Es ist ein erfrischender Marsch. Mit roten Backen, Erdgeruch und blank gewaschenen Augen kommen sie heim.

Unten in der Halle stehen die andern alle, die nicht wissen, was tun mit diesem Mißklang eines grauen Tages. Arme Leute, wie wenn je die Farbe der Freude von außen käme!

Der Sachse scheint zum Wetterwart erkoren zu sein. Er rennt mit wichtiger Miene hin und her und glaubt, daß es heute nur zur Probe regne.

»Wir wollten nämlich morgen alle gemeinsam eine Autotour zu den Inseln machen«, sagt er zu Ursula, die sich einen Weg bahnt zum Portier, um die übliche Frage zu stellen: Ist Post für mich da?

»Würden Sie vielleicht mithalten wollen, Fräulein?«

»Mit f a h r e n lieber als mithalten.«

Ursula ist gar nicht bei der Sache, sie hält einen Brief von Maria in der Hand, und geschlossene Briefe brennen wie heiße Kohlen.

Sie weiß gar nicht mehr, warum der Sachse dröhnend lacht.

Oben in ihrem Zimmer reißt sie am Umschlag wie ein ungeduldiges Kind.

Marias Briefe sind reine Freuden; mit schmunzelndem Behagen berichtet sie in den verschrobensten Sätzen von ihrem Leben. Ernst und Laune wechseln wie Komma und Punkte; es kann niemand sonst so anmutig fehlerhaft die deutsche Sprache handhaben, wie ihre Schwester, denkt Ursula und liest.

Peter hat sich mit einer Zeitung aufs Sofa gestreckt und läßt seine Seele in Politik verströmen.

»Molly Sister.

Es irrt der Mensch, solange er strebt, wie wahr sind solche Dichter. Gestern eröffnete mir meine Perle Luise, daß sie schon ein Perlchen habe von sechs rosigen Jahren! Endlich wurde mir klar, weshalb sie so gerne Reisauflauf kocht.

Ich faßte mich geschwind und dachte daran, daß dunkle Perlen einen größeren Wert darstellen als helle. So, und nun gebe ich ihr freiwillig alle Reste von Mehlspeisen mit zur beliebigen Verwendung. Warum ich dir das schreibe? Weil mir bisweilen Logik sehr unwichtig erscheint.

Und wo streunst du herum? Bald viel und lyrisch schreiben, damit Erik neidisch wird. Nütze dein Leben, solange es noch knusperig; ich hier verschwende das meine an einen nichtswürdigen Hypochonder; beim herrlichsten Sonnenschein pflegt er seinen Schnupfen mit Lindenblütentee und Kopfdampf. Ich armes Weib mußte den Sonntag so an seiner niesenden Seite verbringen. Mit Lippenstift malte ich mir ein rotes Kreuz auf meine weiße Brust, band mir ein Handtuch als Haube um und pflegte duldend. Draußen trollte sich der herrlichste Sonntag unserer zweijährigen Ehe völlig ohne mein Dazutun ab. Heute brachte er mir dafür ein Billett für irgendeinen liebenswürdigen Schmarrn in der Komödie; er natür-

lich geht zum Boxen. Das ganze nennt sich Ehe.
Warum ich das schreibe? Nun, als Warnung vor dem
Hunde. Solch einen Zuckerjungen wie unsern Papi
bekommen wir doch im Leben nicht mehr unter die
Finger.

Hast Du gehört, daß Robert hier war, unser verflossener Freund? Nun, das Gedächtnis des Menschen ist meist so schlecht wie sein Charakter. Er kam zu Tisch, brachte eine herrlich blühende Jucca und seine alten, schlimmen Manieren mit und log uns bei Zunge und Bohnen so an, daß wir es beinahe wieder glaubten. Seine Zähne sind gelb geworden wie die von Papas Hektor; sonst aber schien die Zeit spurlos an ihm genagt zu haben.

Da das Essen gut war, zeigte sich Erik die ganze Zeit über freundlich zu ihm.

Und nun liebe Sister, erzähle mir, ob die Leute dort so sind, wie die Glanzpapierzeitungen es zeigen. Wir waren neulich beim Gartenfest von General G., ich im süßlila gefärbten Hochzeitskleid, es hat dabei geregnet, was herunter konnte, mein Tischnachbar hörte durchs Hörrohr, und Eriks Dame fraß wie eine Waschfrau; und in der nächsten Woche kam das Bild davon, so, daß wir glaubten, wir seien bei der falschen Leiche gewesen. Das ist das Leben, mein Liebling; deshalb empfange einen recht wohlriechenden (Soir de Paris) Kuß von mir und bedenke bei allen deinen Unternehmungen, daß jede vierte Ehe in Deutschland gleich wieder geschieden wird. Es lebe die Statistik, der Chianti und alle guten Geister, insbesondere unserm Papi seine Töchter.

Küßchen
Deine Maria.«

»Du mußt das lesen, Peter; Maria ist das wonnigste Weib der Erde.«

Ursula fächelt dem Mann den Briefbogen unter die Nase und holt ihn, der auf einer anderen Ebene war, wieder zurück in die Wirklichkeit.

Er liest faul und freut sich.

»Was tut eigentlich deine Schwester?«

»Sie tut Ehe.«

»Und dein Schwager?«

»Er tut mit.«

»Das täte ich auch gerne und du würdest staunen, wie gut ich es könnte.«

Er packt das Mädchen an beiden Händen und zieht sie herzlich zu sich herab.

»So«, sagt er, »jetzt wird dageblieben. Ich glaube nämlich gar nicht, daß Maria das wonnigste Weib der Erde ist.«

Ursula wirft die Zeitungen auf den Boden und macht es sich bequem. Sie sagt nichts. Anfangs geht ihre Vertrautheit immer erst auf Stelzen.

»Sieht deine Schwester dir ähnlich, Gute? Hat sie auch solch eine lustige Nase wie du und so nette weiche Haare und so winzige, kleine Ohren?«

»Kommt's darauf an?«

»Nein, darauf kommt's nicht an, aber darauf kommt's an!«

Er küßt das Mädchen weich auf den Mund. Sie sagt nicht viel, sie schweigt und freut sich mit warmem

Herzen, und das ist gut so. Um die Liebe einer Frau muß ein Geheimnis schweben wie um das Wasser, wie um die Erde.

Sie muß stets neu sein, wie das Jahr in seinem Wechsel neu ist und muß es verstehen, in ihrer Einfachheit den Elementen nah verwandt zu bleiben.

Und dafür ist Schweigen besser als Reden.

Zu zehnt auf die Inseln

Die Autofahrt auf die Borromäischen Inseln kommt am folgenden Tag durch die Tatkraft des Sachsen zustande. Es gibt immer und überall einen, der organisieren will, und Opfer, die sich organisieren lassen; etwas Widerstand war zwar vorhanden; das Trio zum Beispiel betonte, daß es Feind sei von jedem Herdenbetrieb, aber gerade dieser Widerstand reizte zur Tat.

Auch Ursula und Peter wußten nicht so recht, ob sie eigentlich wollten; sie sahen sich an, zuckten die Achseln und fragten sich: Was meinst denn du? Aber schließlich gaben sie der Versuchung nach, alles das zu tun, was man sonst nicht zu tun gewohnt ist. Und so steht nun der Sachse, angetan wie ein Forscher, vor diesem alten hochgebauten Ford und empfängt seine Gefolgsleute mit Handschlag und Genugtuung.

»Es hat bestimmt die längste Zeit geregnet«, meint er und lugt dabei zuversichtlich nach dem Himmel, als müsse er auch dafür verantwortlich zeichnen.

Im Fond des Wagens verstaut sich soeben das lustige Trio und schaut hochmütig-erwartungsvoll der Einbootung der Gäste zu.

Vor ihnen klebt das Titelbild, eingekeilt zwischen der Sächsin und dem Engländer, der eine kalte Pfeife raucht.

Neben Ursula und Peter nimmt ein eingeborner Maler mit längerem Haar und Palette Platz. Scheinbar macht ihn seine Kunst erhaben über Zeit und Menschen; er redet mit niemand ein Wort.

Das ist verdächtig.

Brissago

Der Sachse setzt sich als letzter vorne neben den Chauffeur. »Kann's losgehen?« fragt er nach hinten; er brennt darauf.

Klirr fliegt rückwärts im Fond mit teurem Knall die Puderdose der Triofrau zur Erde.

»Coty ist nur von dem, was die Frauen auf den Boden schütten, Millionär geworden«, bemerkt der Ehemann trocken. Die Frau aber bittet mit einem Evalächeln, noch einmal ganz rasch aufs Zimmer gehen und sich neuen Puder holen zu dürfen.

Sie gestatten es, stehen auf, machen Platz, warten, lachen und setzen sich wieder. Auch im geheimen murren sie nicht; man hat ja Urlaub von seinen Gewohnheiten. Es gelten ganz andere Gesetze in den

Ferien als zu Hause. Eigentlich sind sie alle, wie sie da sitzen, dieser zerbrochenen Puderdose dankbar, die sie wie ein gemeinsames Erleben schon zu Anfang der Fahrt zu einer Ausflugsfamilie zusammenschmiedet. Weggeblasen ist das Fremdbleibenwollen der Blasierten; kleine Worte, die zwar in ihrer Zaghaftigkeit dem ersten süßen Du gleichen, fliegen schon herüber und hinüber; immerhin, sie sind da und werden ausgekostet in ihrer unverbrauchten Beredsamkeit.

Der Engländer hat sich zu Peter vorgebeugt, sie sprechen über Photographieren, und beide halten viel vom Gebrauch der Gelbscheiben.

Das Titelbild schwärmt mit dem Triomann von neuen Autos; er ist für Frontantrieb, sie für einen kleidsamen Lack.

Ursula wäre sehr gern mit ihrem Nachbarn ins Gespräch gekommen, doch da er stumm die Gegend absucht nach Motiven, bleibt nur der Sachse für sie übrig.

Peter scheint, obwohl greifbar nahe, in eine unergründliche Ferne gerückt; er wagt kein weiches Wort, noch nicht einmal einen winzigen Blick; er läßt sich abhalten durch seine eigenen strengen Gesetze.

Warum, du lieber Himmel, fahren sie mit all den fremden, fernen Menschen? Ursula traut dem Tag nichts Gutes zu und fühlt sich sehr allein.

Sie fahren eine kurvige Straße am See entlang. Vorbei an Villen, die am Wasser und mit den Dächern auf der Straße stehen, vorbei an felsigen Gärten, die in Terrassen ansteigen, vorbei an bunten, kleinen Nestern, die in der Sonne träumen.

Brissago, das Paradies der Eltern, liegt schon hinter ihnen; die sieben Kilometer, die es von Ascona trennen, bergen eine Welt voll Unterschied. Und eben fängt Italien an.

Das Überschreiten der Grenze, die wie in der Operette zauberhaft eingebettet liegt zwischen Berge, Seen und eine weite Sicht, kettet die Ausflugsfreunde fester aneinander.

Sie erzählen sich, während die Pässe gestempelt werden, leise flüsternd Grenzgeschichten. Grenzen sind für die meisten ein bemerkenswertes Erleben.

»Einmal, als ich von Holland kam, hatte ich zwei Kilo Kakao in der Tasche, das war eine Aufregung, wissen Sie ...«

Und ein anderer meint:

»In Kehl sind sie am strengsten, dort habe ich sogar Leibesvisitation erlebt, das war so: ...«

Nur die Sächsin ruft ungehemmt dazwischen: »Wenn's hier keine Berge gäbe, wäre die Gegend bedeutend übersichtlicher. Man könnte dann bis Lugano sehen.«

Nun werfen sich die übrigen verstohlene Blicke zu, zwinkern ein wenig mit den Augen und fühlen sich noch wissender verbunden.

Hier in Italien sind die Straßen schöner als drüben; glatter, problemloser, breiter. In der Mitte trennt ein dicker weißer Strich die Bahn in zwei Hälften, die beiden Flanken sind besteckt mit aufrechten, frischlackierten, schwarz-weißen Pfosten, die einen fast preußisch-strengen Eindruck machen.

Nur die Entgegenkommenden sind hier entgegenkommender als zu Hause, das ist der einzige Unterschied. Sie grüßen und winken und lachen und tragen keine Fahnen mit betontem Ernst.

»Italien ist ein schönes Land, Fräulein«, bemerkt der Sachse sachkundig zu Ursula. »Ich kenne die Welt, Spanien, Amerika, Tunis, Algier, alles was Sie wollen, aber es ist nichts gegen hier. In Spanien ist alles flach und dürr, mal hier ein Kaktus, mal dort einer; aber was ist das schon; tagelang muß man suchen, bis man einen Kunstschatz findet. Das lohnt doch nicht. Ich sage immer zu meiner Frau, Italien ist das lohnendste Land. Man kann über die Italiener sagen, was man will, aber eines muß man ihnen lassen: Sie haben Natur! Und Kunst!«

Na schön, denkt das Mädchen und findet sich ab mit ihrem Los; schließlich hat jede Art der Betrachtung ihren eigenen Reiz. Langeweile gibt es nicht für sie.

Fröhlich deutet sie auf einen verlassenen Turm, der in seinem grauen Stein sonderlich aufragt aus dem blauen See:

»Schauen Sie, ein einsamer Turm sucht Anschluß an größere Felspartie; spätere Heirat nicht ausgeschlossen.«

Sie lachen beide ansteckend und überzeugend.

»Offerten sind zu richten an das Vermittlungsbureau Kosmos«, ruft das Titelbild vor.

Sind sie nicht alle vereint in dem Wunsch, das Dasein heiter zu empfangen?

Sie bieten sich Schokolade an und Zigaretten und freuen sich, wie sehr vertraut sie miteinander sind. Lachen und Essen kittet.

Dann fahren sie in Stresa ein.

Nun muß ich zu Peter, denkt das Mädchen; das Neue ist nur schön zu zweit; aber sie kommt nicht dazu.

Ein Heer, das Barken vermietet, Mahlzeit reicht und Teppiche verkaufen will, überfällt den haltenden Wagen. Eine toll gewordene Bande überschreit sich im Unterbieten.

Sie behandeln die Fremden wie Mücken ein Stück rohes Fleisch; sie fressen sich fest und lassen nicht locker.

»Isola pescatori, Signora, molto bella! – Isola madre, die interessanteste Insel, meine Damen! – Haben Sie schon zu Mittag gespeist, Herrschaften? – Eine Rundfahrt bis Pallanza nur zwanzig Lire, sehr billig.«

Es ist abscheulich. Da stehen die zehn und wissen nicht, wer ihr Führer ist. Einer wartet auf das Stichwort des anderen. So ist es immer, wenn Menschen truppweise auftreten.

Der Maler, der sich Individualist erweist, macht sich als erster aus dem Staube; er grüßt, packt seinen Kasten und geht.

»Hallo, Herr«, ruft ihm der Sachse nach, »wir treffen uns hier um fünf Uhr wieder.«

Der andere nickt und ist schon weg.

Ursula beneidet ihn um seinen Mut. Dicht neben ihr steht Peter, nah und schon wieder endlos fern. Warum sagt er denn nichts zu diesem gräßlichen Gewürm; warum redet denn keiner ein erlösendes Wort?

»Isola madre, schöne Dame, nur 18 Lire, sehr romantisch, sehr billig.« Schon wieder kriecht ein

Stresa

schmieriger Geselle heran. Nun wird es Ursula zu dumm.

»Zum Donnerwetter noch einmal, macht doch, daß ihr alle zum Teufel geht, ihr blödsinnige Bande!« ruft sie in deutlichstem Schwäbisch und stampft mit dem Fuß auf den Boden.

Nun trollt sich die Bande, und Ursula steht wie Jeanne d'Arc im Kreise ihrer Leute, erleichtert und mit glühenden Backen.

»Das haben Sie herrlich gemacht«, sagt der Triomann und schüttelt ihr die Hand.

»Nicht wahr«, sagt das Mädchen strahlend, »ich lerne mit Erfolg von der modernen Politik. Gehen wir!«

Folgsam trottet der Trupp hinter seinem neuen Führer.

»Was tun wir jetzt?« fragt Dr. Habis, der Triomann. »Wohin gehen Sie?«

Er läuft, als müßte es so sein, an ihrer Seite.

»Das weiß ich noch nicht«, sagt Ursula zu ihm, »aber es ist nötig, daß die andern glauben, ich wüßte es.«

Sie wächst unter ihrer neuen Aufgabe. Der fremde Mann bestaunt sie entzückt:

»Ich lerne Sie plötzlich von einer neuen Seite kennen.«

»Sie haben mich bisher von gar keiner Seite kennengelernt, und Sie wissen auch jetzt noch nicht, ob diese die richtige ist. Man soll sich hüten vor raschem Urteil; Sie waren übrigens heute morgen auch viel brummiger als gerade eben.«

»Ich habe mir heute früh die Haare schneiden lassen müssen. Das macht mich jedesmal auf eine solch peinliche Weise traurig, daß ich mich vorher und nachher geradezu krank fühle.«

»Aha«, sagt das Mädchen, »analytisch gesprochen heißt das, daß Sie Furcht haben vor denen, die einem auf dem Kopf herumtanzen.«

»Wenn Sie wollen, ja, vielleicht.«

»Seltsam«, meint Ursula und wirft einen Blick zurück zu der Triofrau und ihrem Freund. Mehr wagt sie nicht zu sagen.

»Ich weiß natürlich genau, was Sie denken, trotzdem haben Sie nicht recht.«

Der Mann ist im besten Zuge, hier auf der Piazza in Stresa Bekenntnisse zu machen einem Mädchen gegenüber, das ihm vor einer Minute noch völlig fremd war. Er schaut auch zurück und sagt dann leise und heftig:

»Es mag sein, daß ich Ihnen allen sonderbar erscheine, ein Ochse, der sich selbst die Hörner aufsetzt, nicht wahr? Aber glauben Sie mir, nur im Gewährenlassen hält man eine Frau. Es gibt keine Kleinlichkeit in der echten Liebe. Das heißt, man muß die Frage anders stellen. Sie darf nicht lauten: Du oder ich, sondern: Durchhalten und stärker sein. Verstehen Sie mich?«

Er ist ganz drohend wahr geworden unter seinen Worten. Ursula wendet noch einmal den Kopf, diesmal sieht sie Peter neben dem Titelbild gehen, sie fühlt einen raschen Stich.

»Ich verstehe Sie«, sagt sie heftig; »ich bewundere Sie auch, aber ich komme nicht mit. Ich brauche einen Menschen ganz allein, ich möchte ihn auch ganz allein verbrauchen.«

Sie wundert sich, daß sie am hellen Tage solche Worte einem Fremden unter lauter Fremden sagen kann, als wären sie allein. Seltsam, wie das Spiel des Augenblicks sie einem Menschen mitten ins Herz wirft und sie beide wahrer macht als sonst, ohne daß sie sich nahestehen.

Diesen Gedanken nachhängend, nehmen sie Platz auf der Terrasse eines Gasthofs an der Piazza. Die andern folgen in Abständen und sind entzückt von der sorgfältigen Wahl dieses Orts.

»Was sagt Ihre Frau dazu«, fragt Ursula während des Essens ihren Nachbarn. Sie hat an nichts anderes mehr gedacht.

Er schaut von seinem Teller auf, blickt nach seiner Frau und meint dann tonlos:

»Wir haben nie davon gesprochen; es ist heute zum ersten Mal, daß ich darüber rede. Ich weiß selbst nicht, wieso.«

»Und Ihr Freund?« Es ist nicht Neugier, die Ursula so fragen läßt.

»Unser Freund ist sich nicht klar über seine Gefühle; er wartet wohl auf die große Probe.«

»Sie sind sehr groß«, sagt Ursula hastig, »unheimlich, übermenschlich. Ich kann kaum atmen neben Ihnen.«

»Wie ich sehe, schmeckt Ihnen trotzdem das Essen gut«, meint er spöttisch.

»Wollen Sie wissen, was wir von Ihnen dachten, als wir Sie im Hotel zum ersten Mal sahen?« fragt Ursula statt einer Antwort, die ihr schwer fallen würde.

»Wer, wir?«

»Mein Freund und ich.«

»Lieben Sie Ihren Freund?«

»Ich glaube ja, das heißt, ich wünsche ja; ich weiß es noch nicht richtig.«

»Werden Sie ihn heiraten?«

»Vielleicht.«

»Denken Sie nicht darüber nach; eines Tages wird die Antwort zu Ihnen kommen und dann werden Sie ihr folgen so oder so.«

»Glauben Sie?«

»Ich weiß es.«

»Woher wissen Sie das?«

»Weil ich Frauen kenne; weil ich Sie ganz plötzlich kenne. Das ist eine peinliche Gabe, glauben Sie mir.«

»Ja, ich glaube Ihnen«, sagt das Mädchen einfach, beinahe fromm.

»Nun also, was dachten Sie über mich?«

»Wir dachten, daß Sie kleine Bosheiten lieben und große dafür sagen würden.«

»Nun, und?«

»Und jetzt setze ich statt Bosheit Wahrheit, dann stimmt's.«

Ursula wirft wieder einen Blick auf Peter, der eifrig Spaghetti um seine Gabel wickelt.

Die andern tun desgleichen.

Es ist, als stünden sie und Dr. Habis auf einer Insel im Meer.

»Was sind Sie eigentlich?« fragt sie den Mann plötzlich.

»Ein Mensch.«

»Ich meine: von Beruf!«

»Das tut nichts zur Sache«, sagt er schroff.

»Wie Sie wollen, mein Herr.«

Ursula wendet sich ihrem linken Nachbar, dem Sachsen, zu, der, seit er kaltgestellt ist, nur noch Geld und keine Worte mehr gewechselt hat.

»Na, mein lieber Gegenpapst, wie geht's? Keine Angst, ich ziehe mich bald wieder nach Avignon zurück und lasse Rom dem Römer.«

Die Aussprache mit Dr. Habis hat das Mädchen überlegen gemacht und Überlegenheit schafft Übermut.

Sie nimmt das Glas und prostet Peter zu. Dann sieht sie forschend in Dr. Habis' Gesicht.

»Ich tippe auf Arzt«, meint sie sachlich.

Er nickt: »Gut gezielt.«

»Große Praxis, viel zu tun, wenig Zeit für Frau und

Kinder; viel Erfahrung durch die Menschen und den Mut, daraus die Nutzanwendung für das eigene Leben zu ziehen«, sagt das Mädchen klar und rasch und so leise, als handle es sich um ein nichtiges Nebenbei.

»Stimmt«, nickt er wieder mit geschlossenem Mund.

Dann nimmt er auch sein Glas und lächelt seiner Frau zu:

»Wohlsein, Hella!«

»Prost, Frank!«

»Frank heißen Sie? Der Name paßt!«

»Und Sie?«

»Ursula Eisenlohr.«

»Die kleine Bärin; auch nicht übel; prost, Bärin!«

»Prost.«

Sie glauben, sie kennen sich seit Jahren schon.

Dann treibt sie der allgemeine Aufbruch auseinander.

Man muß doch endlich zu den lockenden Inseln fahren. Und erst, als man zurück ist, weiß man, daß es nicht nötig gewesen wäre.

Dafür schlendert man jetzt lässig an den Hotels mit ihren wartenden Betten vorbei, schlürft eine fremde melodiöse Sprache und läßt sich verlocken von den bunten Dingen unter den Säulengängen. Die Frauen kaufen, weil Frauen immer in fremden Orten kaufen müssen.

Es ist gar nicht so wichtig, was; es kann ein Bastkörbchen sein, eine Keramikvase, ein Teegedeck mit bäuerlicher Stickerei, lauter Dinge, die man, wenn man ehrlich ist, zu Hause genau so gut haben kann;

Isola Madre

aber zu Hause will man sie nicht haben; dort fehlt die Luft dazu, der Hauch, der die Dinge hier umschwebt, der Schmelz der fremden Sonne und vor allem die Grenze, über die man schmuggeln kann.

Die Männer, die gerne nein sagen würden, aber es doch nicht wagen, stehen beschäftigungslos etwas weiter weg auf der Straße und warten, rauchen und wundern sich zum tausendsten Mal über die Frau an sich.

Manchesmal werden sie aus ihren Gedanken geweckt.

»Frank, was sind fünfzig Lire umgerechnet?« fragt Frau Habis.

»Meinst du, ich soll diese Vase Hetekind mitbringen, Männe?« ruft die Sächsin.

»Der Aschenbecher ist für Papa, Peter, bilde dir ja nichts ein!« meint Ursula.

In ihrer Kaufseligkeit sind alle vier Frauen von besessener Einigkeit.

Die Männer warten, stehen da, nicken mit dem Kopf und tun, als beschauten sie diese wichtigen Nichtse, und rechnen um. Natürlich schlagen sie ihren unverdienten Mißmut als Agio drauf.

»Fünfzig Lire sind zwanzig Mark, meine Liebe.«

Doch Frauen im Kaufrausch wissen nichts von Zwangskurs.

Sie starren auf die Dinge und liebkosen sie mit dem Begehren und sind erst wieder für die Umwelt vorhanden, wenn sie ein Päckchen mit fremdem Papier und fremder Kordel fest unter dem Arm tragen.

»Es hat doch nicht lange gedauert, Ihr Herren, wie?«

Welcher Mann hat den Mut, darauf ja zu sagen?

Dann schlürfen sie mit Behagen noch ein Eis vom Wagen, weil es ja italienisches Gelati ist, und sehen häufig nach der Uhr, ob es nicht bald fünf Uhr schlägt.

Der Engländer steht mit gezücktem Apparat etwas abseits. Sein Eifer ist eines besseren Ortes würdig. Ursula, nach jedem Einkauf in besonders guter Laune, tritt zu ihm hin und fragt mit frechen Augen:

»How many windows has our school room?«

Verständnislos starrt er das Mädchen an, als rede es wirklich irre.

Auf der Heimfahrt wechseln sie die Plätze; sie fühlen alle ein kleines Unrecht dabei, aber vielleicht tun sie es gerade deswegen.

Der Engländer klettert als erster in den Fond.

»Kommen Sie«, ruft Dr. Habis und nimmt Urusla wie ein Kind an der Hand.

Und Ursula kommt, mit einem scheuen, raschen Blick auf Peter zwar, aber Peter ist wie immer, er scheint einverstanden zu sein.

Er setzt sich zwischen die Sächsin und Gabriele Schilling in die Mitte des Wagens.

Dr. Habis fragt nach einer Weile mit einem strengen Blick: »Warum denken Sie ans Heiraten? Sie sind noch nicht reif genug dazu; erst müssen Sie eine Sache ganz zu Ende erleben, ringen, kämpfen, leiden, sich quälen, selig sein, im Schlamm versinken. Dann wissen Sie erst, wer Sie sind.«

»Man soll nicht soviel nachdenken wie Sie, Doktor Habis; man soll den besten Gefühlen folgen.«

»Sie lesen wohl viel Romane, Fräulein Bärin, wie? Ich zum Beispiel lese gar nichts; ich höre nur meine Patienten an.«

»Und raten Sie allen dasselbe wie mir?«

»Pfui, Fräulein Bärin!« Dann nachdenklicher: »Ich kann jedem in seiner Weise raten, nur bei mir selbst fehlt die letzte suggestive Kraft, damit ich an mich glaube.«

»Sie sollten jemand haben, der Ihnen gibt, es ist nicht gut, daß immer nur andere von Ihnen zehren«

Er lächelt leise und spöttisch.

»Sie sprechen das größte Wort gelassen aus, liebes Kind. Daran gerade leiden doch alle Menschen, alle, alle; und vielleicht ist es gar nicht so wichtig, daß man an sich glaubt. Vielleicht genügt es, wenn andere an uns glauben.«

»Nein, nein«, sagt Ursula zornig, »an sich selbst glauben, ist das Wichtigste! Ohne das kann man nichts Gutes werden.«

»So, mein liebes Kind, so, so. Und was glauben Sie von sich? Glauben Sie, daß Sie es zu etwas im Leben bringen werden?«

»Bitte, verdrehen Sie nicht absichtlich meine Worte. Ich bin gar nicht Ihr liebes Kind und glaube an das Menschliche in mir. Jawohl, nach wie vor. Alles andere kommt oder kommt nicht. Jedenfalls ist es nicht das Wesentliche.«

»Haben Sie schon einmal Hunger gelitten, Fräulein Bärin?«

»Sie sind abscheulich, Dr. Habis. Sie wissen genau, daß Sie mich nur verwirren wollen. Sie wissen wohl auch genau, daß ich noch nie Hunger zu leiden hatte. Aber wenn ich das müßte, morgen oder übermorgen, wollte ich erst recht nicht den Glauben an das Menschliche in mir verlieren.«

»Sie sind eine Idealistin. Wie alt sind Sie denn?«

»Zwanzig vorbei.«

»Na, sehen Sie, erst einmal geboren«, sagt er unverständlich für das Mädchen.

»Was soll das heißen?«

»Der wahre Mensch wird dreimal nach seiner Geburt neu geboren; erst erhebt er sich aus der Familie heraus, dann aus der Gesellschaft heraus und dann auch sich heraus.«

»Was ist das?« fragt das Mädchen zweifelnd.

»Buddhistische Philosophie des Abendlandes oder sonst ein gedanklicher Zwitter?«

»Es sind die Stufen des wahren gelebten Lebens«, meint er sehr ernst.

Ursula schweigt. Die Worte des Mannes treiben sie um; sie fühlt sich von allem erfaßt und weiß nicht, was das Echte für sie ist. Sie möchte gerne wissen, was Dr. Habis zu anderen Frauen sagt; sie möchte auch wissen, was seine Frau gerade mit ihrem Freund beredet; sie möchte so vieles wissen, weil es bequemer wäre und vom Denken erlöst.

Und vor ihr redet das Titelbild auf Peter ein.

Von der Straße, von den Bergen, von der umgekehrten Sicht erhascht Ursula gar nichts mehr.

Der Abendhimmel türmt sich großartig in farbigen Gebirgen über der Welt; Ursula sieht, ohne wahrzunehmen. Sie hört nur nach innen. Wirre Gefühle treiben da ihr Wesen.

»Sie haben ein viel zu nacktes Gesicht, Bärin«, sagt plötzlich der Mann an ihrer Seite. »Ich lese alles ab, was Sie gerade denken.«

»Ich kann nicht anders«, meint Ursula mit einem vollen ehrlichen Blick, »Sie haben mich gänzlich durcheinander geschüttelt. Ich habe noch nie einen Menschen, wie Sie es sind, kennengelernt.«

»Das schadet nichts«, meint er hart, »Sie sind dazu da, um zu wachsen.«

Dann schweigen sie beide, bis der Wagen mit einem bremsenden Seufzer vor der Hoteltüre hält; sie schweigen auch noch, während die anderen sich lärmend und dankend voneinanderreißen.

Oben auf ihrem Zimmer sagt Ursula zu Peter: »Schau mir einmal ganz ernst in die Augen, Peter!«

Er tut es.

»Was ist los, Ursel?«

»Sehe ich anders aus als heute vormittag, Peter?«

»Du siehst genau gleich aus, lieb und böse und sanft und wild.«

»Aber ich bin ganz anders geworden, Peter.«

»Oh«, sagt er nur, »oh, oh.«

»Hat dich das Titelbild nicht geändert, Peter?«

»Mich kann keine Frau mehr ändern, Liebe, außer dir.«

Er möchte ihr gerne einen Kuß geben; aber sie entwischt wie eine Echse.

»Dann war es auch nicht das Richtige, Peter. Ich glaube, daß das Richtige zur richtigen Zeit an einen herankommt.«

»Das ist wohl deine neue hausgemachte Art von Fatalismus, Gute?«

»Du bist ein dummer, sehr dummer Peter. Dabei war ich heute eifersüchtig auf dich, es ist wirklich kaum zu glauben.«

Das Mädchen zieht die Schuhe aus und streckt sich müde auf eine Couch.

Der Mann sagt lange nichts; er steht am Fenster und greift mit beiden Händen den Rahmen.

»Darüber wollen wir nicht reden, Ursula, wenn dein Gewissen ebenso gut ist wie das meine. Es wäre schade um die Zeit.«

»Warum haben wir eigentlich diese Fahrt zu zehnt gemacht, Peter?«

Ursula knabbert dabei Schokolade, damit sich die Frage unverfänglich anhört.

»Weil man es einmal getan haben muß, Ulla, um es nie wieder zu tun.«

»Falsch«, sagt das Mädchen wie ein Lehrer, »falsch, mein Herr, weil sie nämlich trotzdem wichtig war.«

Spiel mit dem Möglichen

Der nächste Tag gehört ihnen beiden ganz allein. Sie haben plötzlich genug von den fremden Menschen. Sie ziehen den Silbergrauen aus seinem Stall, fahren weit hinaus an den felsigen Strand und bauen sich ihr Tagesnest zwischen Weiden, Klippen und moosigem Gestein. Von oben dringen die Geräusche des Tages gedämpft und ohne Geltung für sie an ihr Ohr; sind sie nicht Philemon und Baucis oder Robinson und Robinsona, sind sie nicht beide herrlich allein auf der Welt?

Es ist ein guter, warmer und inniger Tag, den sie gemeinsam genießen wie ein gnädiges Geschenk.

In Ursula klingen die Worte, die sie gestern gehört, nach wie eine tönende Schelle; ja, sie will sich dehnen, wachsen lassen, größer machen; aber morgen vielleicht; heute noch nicht; heute scheint die Sonne zu warm, und Peter ist zu lieb. Morgen dann.

Und Peter, der große, erwachsene Mann, ist ein Junge geworden, der mit flachen Kieseln spielt und sich freut, daß er weiter werfen kann als seine Freundin.

Denkt er sonst noch etwas? O ja, er denkt viel, aber man sieht es ihm nicht an. Er kann die Tarnkappe, die Dr. Habis Ursula wünschte, über seine Augen ziehen und aussehen, als wäre keine Luft um ihn herum. Aber er fühlt dabei, wie sehr das Mädchen für ihn Spiegel ist, in dem er sich selber betrachtet. Und wenn er sich nicht immer ganz so sieht, wie er wohl möchte, so ist das nicht allein ihre Schuld.

Er kennt keinen Menschen und kannte nie einen, dem gegenüber er so wenig einer Selbsttäuschung fähig gewesen wäre. Was anfangs als Härte von Ursula scheinen mochte, wandelte sich beim näheren Bedenken dann in die eigene Schwäche, wenn man sich dieser Härte entziehen wollte. All die kleinen und großen Illusionen, mit denen man sich vor sich selbst und der Welt umkleidet, fallen einem, wenn man mit diesem Mädchen zusammen ist, aus den Händen. Sie haben keinen Sinn mehr und zeigen, wie stark man sein muß, um mit ihr Freundschaft zu halten.

Er weiß es wohl, aber er sagt nichts davon; er ist kein Freund der vielen Worte; trotzdem ist er gewillt, für seine Liebe zu leben, wie sich auch immer sein Leben gestalten mag. Und das ist viel und groß in einer Zeit, in der Einzelgänger verpönt sind. Glücklich schaut er hinüber zu seiner Freundin, die lang ausgestreckt mit unter dem Kopf verschränkten Armen auf dem Rücken liegt, als wolle sie die Welt trinken. Heute ist alles, was gestern noch wichtig war und bedrückend, versunken und im All zerstoben. Es gibt keinen Vater mehr und keinen Beruf, keine Schwester mehr und keine fremden Fragen, keinen Ehrgeiz mehr und keine Eitelkeit.

Zeitungen? Unsinn! Probleme? Unsinn! Geschehnisse der Politik? Unmöglichkeit! Man muß nur ein Fahrzeug haben und den Mut dazu, den Dingen zu entfliehen, um sich auf eine Insel der Menschlichkeit zu retten.

Ursula spielt mit den Zweigen des Baumes, spielt mit dem Schatten ihrer Hände, träumt vor sich hin.

Ab und zu reicht sie die Hand flach hinüber zu Peter, nickt nur oder brummelt faul irgend etwas vor sich hin.

»Was ist das, Peter, caccia proibite, eine verbotene Katze?«

Peter, der das Plakat, in ungefügen Lettern an einem Baume hängend, anschaut, meint vergnüglich:

»Das erinnert mich an einen Fall, Gute. Ein Landjäger in einem früheren Oberamtsbezirk mußte auf dem Lande ähnliche Plakate an verbotenen Wegen anbringen. Einmal schrieb er: Dieser Weg ist kein Weg, wer es dennoch tut, zahlt fünf Mark Strafe und fließt in die Gemeindekasse.«

»War das nicht etwa ›Als ich noch an der Spitze meiner Batterie‹ …, Peter?«

Das Mädchen zwinkert lustig mit den Augen.

»Böses, ganz böses Weib!« ruft der Mann und eilt mit einem rasch geschnitzten Stock hinüber zu dem bösen Weib, um es seiner gebührenden Strafe zuzuführen. »Ich werde dir beibringen, wie man alte Feldsoldaten behandeln muß.«

»Der Feind ergibt sich«, ruft sie und wedelt mit beiden Händen ein weißes Taschentuch in der Luft. »Loslassen, bitte, bitte, loslassen!«

Sie strampelt wie ein Radler mit den Beinen.

»Fünf Küsse Strafe und fließt in die Reisekasse«, sagt Peter drohend.

»Vier Küsse Strafe, der Rest wird nach Gutdünken ausbezahlt.«

»Schön.« Er willigt ein.

»So«, seufzt sie, »liebes Bösesein ex est.«

Ascona, Collegio

»Du bist ganz schmutzig geworden, Gute«, meint Peter schon wieder besorgt.

»Macht nichts, Schmutz ist auch Substanz, nur am falschen Fleck.«

»Und du bist eine freche Kröte auch ganz am falschen Fleck. Komm rasch her, ganz rasch; so, noch näher, jetzt bist du am rechten Fleck.«

Und dann, ganz nah bei Peter, die Hände auf seinem Haar, fragt das Mädchen unvermittelt:

»Was hat denn das Titelbild dir gestern alles erzählt?«

»Nicht viel, Familiengeschichten.«

»Eine Frau im Leerlauf, wie?«

»Was meinst du?«

»Sie ist wohl geschieden?«

»Natürlich.«

»Das hab ich mir gleich gedacht. Sie hat dein Mitleid wollen.«

»Diese Antwort fiele unter mein Berufsgeheimnis«, lenkt der Mann ab.

»Rechtsanwälte und Ärzte haben immer die schönsten Ausreden«, meint das Mädchen und zieht sich und ihre Hände in eine gebührende Entfernung zurück.

»Du brauchst nicht zu glauben, daß ich eifersüchtig bin, Peter, ich fragte nur aus Interesse.«

»Natürlich, Liebe, ich weiß, das ist doch ganz klar.«

»Wieso?« Ursula ist zum Kampf gerüstet. »Das ist gar nicht klar.«

»Weil du eine süße, kluge und goldene Frau bist«, lacht Peter, rückt ihr nach und will sie mit beiden Händen zu sich ziehen.

»Ätsch«, sagt sie und rutscht weiter weg, »ich bin eine saure und silberne Frau, aber dennoch klug genug für dich, du dummer Peter.«

»Nicht streiten, Ulla, lieb sein, brav sein, küssen, lachen und gar nichts mehr denken.«

»Das könnte dir so passen, du! Dann wäre ich die Idealgestalt für jeden Mann.«

Aber bald ist sie doch wieder so lieb und brav, wie es dem schönen Tag gebührt. Und von den vielen, zu vielen Worten, die auf der Welt ihr Wesen treiben, findet sie heute gerade die richtigen.

Abends ist alles wieder ganz anders. Menschen kommen und mit ihnen das Allzumenschliche. Ein Sonnenbrand und eine selige Wärme bleibt übrig von dem schönen Tag.

In einem kleinen Winkel durch eine Rollwand von dem noch leeren Speisesaal getrennt, berät Peter mit Hilda, der Saaltochter, die Fragen ihrer Erbschaftsschwierigkeit.

Hilda erzählt und während sie redet, bedenkt Peter, der schwerzüngige Schwabe, wie leicht und gewählt doch die Menschen des nördlichen Deutschland ihre Sprache beherrschen.

Nun: Hildas einziger lediger Bruder, Lokomotivheizer auf der Strecke Würzburg – Meiningen, ist bei Ausübung seines Berufes verunglückt. Traurig, ja, aber man kann es nicht mehr ändern; es ist schlimm, daß nicht einmal der Tod größer ist als die kleinlichen Familienzwistigkeiten und daß sie es sich nicht leisten können, nichts anderes als wahre Trauer bei diesem Verlust zu empfinden.

Das Erbe des Bruders ist nicht klein; die alte Mutter und zwei Schwestern, Emma und Hilda, beide verheiratet, sollen sich darin teilen.

Bis hierher ist Hilda tapfer, jetzt kann sie ihre Tränen nicht mehr zügeln.

»Und denken Sie, Herr Doktor, plötzlich taucht eine Braut auf, von der niemand bisher etwas wußte, und ficht unser Erbe an. Kaum ist sie da, fallen auch meine Schwester und ihr Mann über uns her und machen uns die größten Schwierigkeiten. Wir seien nicht erbberechtigt, sagen sie, weil Heinrich, mein Mann, aus rein persönlichen Gründen mit meinem verstorbenen Bruder nicht gut gestanden ist. Außerdem sei er arbeitslos, weil er ein Tagedieb sei und gar nicht aus Gründen der allgemeinen Arbeitsnot. Muß man sich so etwas gefallen lassen, Herr Doktor? Und ich hätte immer zu Heinrich, also zu meinem Mann, und gar nicht zu Emil, meinem Bruder, gehalten. Es geschähe mir ganz recht, wenn ich das gute Geld, das der Familie gehöre, nicht Heinrich zum Vergeuden geben könnte! Nun kommen Briefe über Briefe, sogar ein Rechtsanwalt hat schon einmal geschrieben; sie haben's darauf abgesehen, uns kleinzukriegen und so zu verwirren, daß wir freiwillig auf unsere Ansprüche verzichten sollen. Aber ich bin zu müde und viel zu weit weg, als daß ich jedesmal darauf Antwort geben könnte. Es ist ja doch in den Wind geschrieben. Und Heinrich hat kein Geld; er kann nicht zur Mutter reisen, um mit ihr zu reden. Mutter ist keine böse Frau; sie ist nur eingewickelt worden von den beiden andern, die uns das Salz nicht in der Suppe gönnen, sonst würde sie sicher nicht Unrecht als Recht verkaufen. Nicht wahr, das ist Ihnen alles viel zu kleinlich, Herr Doktor, aber bei uns macht's das Leben aus.«

Hilda seufzt eine Pause und schneuzt sich die Nase.

»Ich bitte Sie, Frau Hilda«, sagt Peter eindringlich, »es ist mir bestimmt nicht zu kleinlich. Ich liebe meinen Beruf. Außerdem liegt der Fall ganz klar.«

»Wenn wir diese zweitausend Mark aus der Erbschaft hätten, Herr Doktor, wäre uns für alle Zeiten geholfen. Es bedeutete mehr für meinen Mann als nur ein neues Geschäft. Es wäre für ihn die Erlösung von dem gräßlichen Druck, daß ich arbeiten muß, während er auf der Bärenhaut liegt.«

»Aber ihr Mann liebt Sie doch, nicht wahr, Frau Hilda? Es spielt sicher keine Rolle, wer von Ihnen beiden das Geld zum Leben verdient, besonders in diesen Zeiten.«

Peter redet wie ein Seelenarzt.

»Sie haben leicht lachen, Herr Doktor! Sie haben sicher immer eine Arbeit gehabt. Um Recht zu haben, müßten Sie erst einmal die Menschen und vor allem Heinrich umkrempeln! Außerdem weiß ich nicht, ob er mich noch gerne hat. Wir sind so häufig getrennt. Aber wir haben ein Kind. Es ist in Pflege bei seiner Mutter.«

»Sie dürfen nicht kleinmütig sein, Frau Hilda. Ihr Fall ist bestimmt viel einfacher, als Sie denken. Wenn kein Testament vorhanden ist, tritt die gesetzliche Erbfolge trotz allen Briefen Ihrer Schwester in Kraft, und daraus bekommen Sie Ihr Teil. Nachdem nun der Tod ihres Bruders durch einen beruflichen Unglücksfall, also ganz plötzlich und unvorbereitet kam, wird wohl kaum ein Testament vorhanden sein; sonst hätte die Braut schon davon Gebrauch gemacht. Ihr Bruder war doch jung und ohne Schrullen, nicht wahr?«

»Ja, das war er.« Hilda trocknet schon wieder ihr feuchtes Gesicht.

»Außerdem wird die Unfallversicherung, bei der Ihr Bruder zwangsläufig durch seinen Verband vertreten ist, auch noch eine größere Summe zu zahlen haben, die an die Hinterbliebenen verteilt wird. Oder ist etwa ein uneheliches Kind vorhanden?«

»Das weiß ich nicht«, sagt Hilda mit großen Augen und überdenkt dabei das Leben des toten Bruders, »das weiß ich wirklich nicht.«

»Schön«, meint er tröstlich, »dann wird auch kein solches Hindernis unentdeckt irgendwo lauern. Meistens wittert die Familie solche Dinge, ehe sie überhaupt wahr sind. Wo hat ihr Bruder zuletzt gewohnt?«

»In Würzburg.«

»Dann werde ich durch einen bayrischen Kollegen Ihre Sorgen weiterverfolgen lassen, Frau Hilda. Die Rechtsprechung ist nämlich uns armen Menschen nur jeweils ein paar hundert Kilometer weit anvertraut. Aber wir werden dem Herrn diesen Fall besonders dringlich ans Herz legen, verlassen Sie sich darauf.«

Peter steht auf, läßt sich Hildas Personalien ins Notizbuch schreiben und will gehen. Er hat seine Mission erfüllt.

»Noch einen Augenblick, bitte, Herr Doktor«, meint die Frau scheu, »es will Ihnen jemand danken, der Sie zugleich kennenlernen möchte.«

Sie ruft ein leises »hallo, hallo, Paolo!« durch die Anrichte in den Küchenraum und wartet in verlegener Haltung ab.

Paolo, der Koch, mit schiefer Mütze über dem roten Gesicht, schiebt sich schnell durch die schmale Tür der Anrichte.

»Ah, monsieur, je vous remercie mille fois! Sie haben Hilda gerettet, aus größtem Kummer gerettet. Sie hat sich diese Geschichte so zu Herzen genommen, beinahe verrückt ist sie darüber geworden! Aber jetzt, nicht wahr? Jetzt steht alles aufs beste!« Er schaut dabei wie ein gütiger Vollmond auf die errötende Frau.

»Es würde mich außerordentlich freuen, etwas für Sie tun zu können, mein Herr. Bitte, zählen Sie auf mich! Ein souper à deux, etwas in der Art vielleicht! Ich habe Eile, je regrette infiniment, guten Abend, mein Herr – Sie haben mich verstanden! –, guten Abend, Hilda.«

Weg ist er, der Vielversprechende.

»Er ist der einzige unter den Angestellten, der gut zu mir ist«, erklärt Hilda eifrig. »Die anderen sagen alle, es sei nicht nötig, daß ich den einheimischen Saaltöchtern das Brot wegnehme. Dabei habe ich diese Stelle nur im Wege des Austausches bekommen. Man muß doch Sprachen lernen in unserem Fach. Und Paolo lehrt mich Französisch und Italienisch. Paolo ist ein gebildeter Mensch.«

»Das glaube ich gerne«, sagt Peter, der soeben einen tiefen Blick getan hat in das untere Stockwerk des großen Hauses. »Außerdem hat er Gemüt; das ist noch mehr wert als Bildung.«

»Und dreißig verschiedene Omeletten-Rezepte kennt er«, meint Hilda entzückt, »er kocht wirklich wundervoll.«

Währenddessen sitzt Ursula im kleinen Schreibzimmer und berichtet ihrem Vater, nicht so dürftig, wie man sonst Vätern berichtet, aber auch nicht so mitteilsam, wie sie gerne möchte. Schreiben ist ein unzureichender, plumper Behelf, gerade gut genug für Mitteilungen und Bestellungen. Vielleicht, wenn man ein Jahrhundert früher auf die Welt gekommen wäre und Antwort bekommen hätte wie Bettina, aber so!

Nun, dieser Brief an Martin Eisenlohr wird trotz allen guten Vorsätzen nicht zu Ende geschrieben, denn plötzlich taucht in diesem weichen, lässigen Gang der liebe, liebe Kurt so selbstverständlich auf, als habe ihn ein Klingelzeichen gerufen.

»Mein Kompliment«, sagt er und setzt sich an den andern Schreibtisch, der so steht, daß sie sich ins Gesicht sehen müssen.

Er nimmt ein paar Briefbogen aus der Mappe und macht sich an die Arbeit.

»Schon wieder zurück von der Reise?« fragt Ursula sofort, obwohl sie gerne gewartet hätte, bis er zu reden beginnt. Es ist gräßlich mit mir, denkt sie dabei, ich müßte viel besser schweigen können.

»Ja«, sagt er weich, »es war eine abscheuliche Reise, sehr viel Ärger.«

»Schade«, meint das Mädchen. »Nun sind Sie sicher gar nicht mehr in Ferienlaune?«

»Was soll mer machen«, lächelt er achselzuckend; »ich kann mich net aufhängen deswegen.«

Dann schreiben sie beide eine kurze Weile, ohne bei der Sache zu sein.

Bis der Mann plötzlich ohne Überleitung fragt: »Empfinden Sie es nicht auch bisweilen besonders stark, wie gemein die Menschen sein können? Manchesmal bemühe ich mich, diese Einsicht zu vergessen, jedoch nur, um sie aufs Neue erfahren zu müssen und wiederum bitter enttäuscht zu sein.«

»Ich hätte gedacht, Sie seien mit viel mehr Zynismus gewappnet.«

»Zynismus ist nur eine Waffe gegen die andern, nicht für sich selber.«

»Ich weiß schon lange, daß es keinen menschlichen Wert hat, zynisch zu sein«, sagt das Mädchen versonnen; »und die, die es lernen müssen, sind armselig dran.«

»Für Sie besteht in dieser Richtung keine Gefahr«, sagt der Mann lächelnd.

»Dafür gibt es andere Gefahren!«

»Sonst wäre ja das Leben zu langweilig, nicht?«

Der Mann schaut Ursula dabei in seiner verspielten Art an und fragt:

»Wie muß das Leben sein, das Ihnen gefällt?«

»Eine sehr einfältige Frage, Herr von Reuchlin.«

»Oho, Sie weichen aus.«

»Gar nicht, ich will mich nur davor hüten, eine noch einfältigere Antwort zu geben.«

»Sie lieben also die Worte nicht allein um der Worte willen?«

»Nein, ich suche immer den Menschen dahinter, den Menschen hinter der Kunst, den Menschen hinter allen seinen Äußerungen.«

»Und stimmen die Ergebnisse?«

»Ich will keine Ergebnisse, die ich vorausberechnet habe; ich will neue Erfahrungen, neue Lehren.«

»Wie jung Sie sind!«

»Schon wieder dieses schöne Wort als Vorwurf; gestern mußte ich es auch hören, aus einem anderen Mund und in einem ganz anderen Zusammenhang. Ich freue mich, daß ich jung bin. In diesen Dingen werde ich nie älter werden.«

»Warten wir's ab, die Zeit ist eine verdammt heftige und unduldsame Lehrerin.«

»Natürlich warten wir's ab; ich kann nicht verstehen, warum die Älteren immer mit ihren traurigen Erfahrungen uns die Lust am Leben nehmen wollen.«

»Was ist Lust am Leben? Spiel, Sport, Liebe, Geist?«

»Alles vereint und gemischt.«

»Spielen Sie gerne?«

»Sehr gerne, wenn die Partner nicht zu dumm dazu sind.«

»Würden Sie gerne auch einmal mit mir spielen?«

»Was denn?« fragt das Mädchen verwirrt.

»Erst Boccia und dann Karten.«

»Das verstehe ich nicht.«

»Ich würde Sie beides lehren.«

»Lieber nicht«, sagt Ursula zögernd, »vielleicht finden Sie hier in der Schweiz doch eine gelehrigere Schülerin als mich.«

Die Saaltochter schlägt mit dem Gong so heftig, als wollte sie die Schläfer aufwecken zum jüngsten Gericht.

»Es ist Zeit, zu Tisch zu gehen«, sagt Reuchlin, wieder förmlich geworden. Er verbeugt sich mit wienerischem »Küß die Hand«, das gar nichts anderes ist als die spielerischste Art, auf Wiedersehen zu sagen.

Als Ursula nach angemessener Zeit in den Speisesaal kommt – sie kommt gerne zu spät, um die lästige Suppe zu versäumen –, sieht sie ein großes neues Plakat in der Halle angeschlagen. Es fällt durch eine grellgrüne Farbe heftig in die Augen.

> DOMANI MERCOLEDÌ SERA
> alle 21
> L'UNICA RAPPRESENTAZIONE DEL
> GRANDE ILLUSIONISTA
> HUBERT VON REUCHLIN
>
> Telepatia, Chiaroveggenza, Negromanzia

In deutscher Handschrift steht darunter: Karten für 3 Fr. und 2 Fr. sind beim Portier und an der Abendkasse erhältlich.

Ursula starrt das Plakat fassungslos an. Illusionista! Das also ist die Lösung des Rätsels ihrer Illusionen; ein Zauberer, ein ganz gewöhnlicher Schwindler, der ein paar weichliche Redensarten und seinen lässigen Gang mißbraucht, um irrezuführen. Und so etwas muß ihr geschehen, ihr, Ursula Eisenlohr, dem aufgeklärten Mädchen von 1933. Voll widerwärtiger Gedanken betritt sie den Speisesaal, sieht all die kauenden Menschen und findet es gräßlich, daß man sich zweimal am Tage zu dieser häßlichsten aller Bewegungen des Mundes zusammenfinden muß. Peter wartet schon, aber Reuchlin ist noch nicht da.

Ursula mag nicht reden und nicht essen.

»Hat dir die Sonne geschadet, Liebling, du ißt ja wie ein Spatz?« Peters Stimme ist voller quälender Güte.

»Unsinn, Peter, stell keine so bürgerlichen Fragen! Man ißt, wenn man will, und wenn man nicht will, läßt man's bleiben.«

Eigentlich bereut sie ihre Worte im gleichen Augenblick; aber zurücknehmen geht auch nicht. Das ist ja das Schlimme an den Worten, daß sie hängenbleiben im Raum des Herzens, so oder so. Also sie ist gefoppt worden, an der Nase herumgeführt, geäfft wie der jüngste Lebensschüler. Von wem denn nur? Von einem Hochstapler der Gefühle, von einem Reisenden in Phrasen und Kartenkunststücken, von einem ganz gewöhnlichen Schwindler, der obendrein Geld verdient mit seinem Schwindel. Und da soll ihr gelegen sein an Ravioli à la Bolognese?!

Angewidert schiebt sie den Teller weg. Peter redet kein Wort mehr. Sie schaut ihn an, er tut ihr leid; Männer sind seltsame Heilige. Sie reden nie viel, und das, was sie verschweigen, geheimnissen wir, wenn wir wollen, in sie hinein. Ist es nicht auch so mit Reuchlin gewesen?

Plötzlich tagt es in Ursula; natürlich, der Fehler liegt auf ihrer Seite. Sie selbst hat den lieben, lieben Kurt mit Dingen und Namen belegt, auf die er keinen Anspruch machte; im Gegenteil, er war so plump gewesen, wie sie es nie einsehen wollte. Ich arbeite nur in den Ferien, hatte er gesagt, und würden Sie nicht gerne einem Menschen einen Gefallen tun, wenn Sie könnten? Und dann seine traurige Betrachtung über die Unzulänglichkeit der Menschen! Das war keine Täuschung, das war höchstenfalls billiges Erhaschen des Mitgefühls. Und wenn sie dieses wienerische Gerede für eine klügliche Sophisterei gehalten hat, dann ist es ihre Schuld, ihre eigene Schuld.

Versöhnlich schiebt sie ihre Hand und einen Bärenblick zu Peter über den Tisch.

»Bitte, nicht böse sein, Peter, ich bin ein dummes Geschöpf.«

Natürlich ist sie ein dummes Geschöpf, viel dümmer noch, als Peter ahnt, und doch wiederum viel klüger, weil sie es einsieht, ohne daß man ihr hilft. Jetzt versteht sie auch, was der Vater immer meint, wenn er sagt: Ganz dumm sein schadet nicht, nur halb dumm sein schadet. Sie ist ganz dumm gewesen, und jetzt ist sie wieder ganz vernünftig geworden. Dazu ist man ja schließlich auf der Welt! Mit einem Lächeln schaut sie auf Peter und auf den leeren Tisch hinter ihm.

Sicher ist Reuchlin nichts anderes als ein traurigarmes Wesen, sicher haßt er diesen Beruf, der ihn mit denselben Frätzchen und Mätzchen von Hotel zu Hotel jagt, sicher ist es ihm elend vor sich selber.

Ursula spürt, wie ein großes verstehendes Mitleid über sie kommt; sie wird flammend rot dabei.

»Komm, Peter«, sagt sie, weil sie Reuchlin nicht mehr begegnen will, »ich bin müde, wir wollen gehen.«

Und an diesem Abend kommt es dem Mädchen deutlich in den Sinn, daß die Reden die besten sind, die sich nachts vor dem Träumen von selber halten und am Morgen verwehen wie ein achtloses Blatt.

Die Menschen nennen es zaubern

Manchmal ist mit Ursula jedes Gespräch unmöglich; sie weiß alles, was man sagen wird, erkennt, wie banal und sinnlos es ist, schneidet den Faden ab, um sich die Langeweile des Zuhörens zu ersparen.

»Ursula, gehen wir zu diesem Illusionisten oder machen wir unsere Illusionen selber?« fragt Peter am nächsten Morgen, als er das Plakat entdeckt hat.

»Natürlich gehen wir. Die andern gehen doch auch.«

Fertig, aus. Dieser Ton ist so kühl, daß nichts mehr dagegen zu sagen ist. Wie wenn die »andern« je eine Richtschnur gewesen wären für dieses Mädchen.

Peter schaut mißtrauisch seiner Freundin in die Augen. Sie geht verschlossen neben ihm. Er hat Mühe, sich zu erinnern, daß das hochmütige Profil auch das gute Bärengesicht von gestern ist.

»Wo bist du, Ursula?«

»Neben dir, Peter!«

»Nicht nahe genug.«

»Willst du, daß ich dir hier auf der Collina um den Hals falle?«

»Ich bin nicht zufrieden, Ursula.«

»Weshalb?«

»Du liebst mich nicht.«

»Dich lieben?« Sie sagt das zwei-, dreimal, wie eine Möglichkeit, an die sie ganz neu denkt. »Ich glaube schon, Peter.«

»Das ist eine böse Antwort, Mädchen.«

»Unsinn«, meint sie und schüttelt den Kopf, daß die Haare wehen; »man redet nicht von solchen Dingen am frühen Morgen. Man trinkt auch keinen Sekt zum Frühstück.«

»Aber irgend etwas geht dir heute im Kopf herum, nicht?«

Peter will nicht locker lassen.

»Mag sein«, sagt sie kurz. Dann lehnt sie einen Augenblick ihren Kopf an seine Schulter wie ein müdes, kleines Kind.

»Besinn dich, Peter, vielleicht fällt dir ein anderes Thema ein.«

Am Abend ist sie ganz anders.

Sie sitzen alle in der kleinen, blauen Bibliothek und warten, bis die Vorstellung beginnt. Ursula führt das Wort; findet unerwartete Wendungen, macht Wortkunststücke, sagt Gewagtes mit Geschmeidigkeit und schmettert sichere Urteile, an denen ihr nichts gelegen ist, unter ihre Hörer. Trotzdem wirkt sie mehr reizend als aufreizend, die schillernde, kleine Person.

Die andern dösen, vom Abendessen faul geworden, lächelnd um sie herum, bis der Gong ertönt, der sie im Gänsemarsch an ihre Plätze führt.

Ursula sitzt zwischen Peter und Dr. Habis in der zweiten Reihe. Fast alle sind da; nur Gabriele Schilling fehlt. Sie hat heute ihren traurigen Abend und mag nichts und niemanden.

Soeben tritt Reuchlin unhörbar und federnd in einem tadellosen Abendanzug unter das Publikum und verbeugt sich lächelnd.

»D a s ist Hubert von Reuchlin?« fragt Peter leise; »hätt' ich niemals für möglich gehalten.«

Ursulas verschleierter Blick verschwindet unter geschlossenen Augen. Sie nickt nur stumm. Und während der Zauberer allerhand glitzernde Dinge auf einem weißen Tuch mit liebevollen Händen bereitstellt, redet er mit dem Publikum auf eine erstaunliche und gar nicht alltägliche Art. Die Leute reagieren schnell. Zwischendurch schickt er ganz sachte Ursula einen fast zu vertraulichen Blick.

In diesem aufgeklärten, entnervten Zeitalter, so ungefähr redet er, während sich seine Hände mit neun großen Messingringen beschäftigen, laufe man Gefahr, als Mensch zweiten Ranges verpönt zu sein, wenn man sich mit den Dingen der schwarzen Magie beschäftige. Außer wenn man, um anerkannt zu werden, so schlau sein könnte und die Zuhörer in Beziehung setzen würde zu dem Hokuspokus, den man ihnen vorzumachen verpflichtet ist; wie es zum Beispiel die Astrologie und die Handlesekunst betreibe. Aber er verzichte darauf. Im Gegenteil, er wolle ehrlich zeigen, wie man mit Grazie mogeln und mit liebenswürdiger Freche die Menschen täuschen könne. Er sei gerne bereit, zwei- und dreimal seine Versuche zu wiederholen, er ließe sich auch von einem Überlegenen, wenn es sein müßte, belehren.

Meistens sei es ihm aber geschehen, daß gerade die Zweifler entzückt und die Entzückten verzweifelt wurden, weil der Schuster bei seinen Leisten und der Zauberer bei seiner geheimnisvollen Kunst bleiben solle.

Er wirft während dieser Worte mit Anmut die neun Ringe durcheinander, läßt sie befühlen, beriechen, bestreichen: »Alles echt, meine sehr Verehrten, überzeugen Sie sich selbst, Schiebung wäre noch viel zu verfrüht.«

Das Experiment gelingt natürlich. Die neun gleich großen, an keiner Stelle gelöteten Ringe können sich ineinanderschieben und durcheinander hindurchziehen lassen wie Papierschlangen an Fastnacht. Die Leute staunen wohlerzogen, klatschen, freuen sich, lächeln; Reuchlin ist vollauf damit beschäftigt, das gute Einvernehmen mit seinen Zuschauern nicht zu verlieren.

Ursula sitzt mit ihrem breiten, nachdenklichen Mund scheinbar gepackt vorne in ihrer Bank.

»Der Bursche macht seine Sache hübsch«, flüstert ihr Dr. Habis zu. Oder hat er es schon länger gesagt? Dringt es nur jetzt erst in ihr Bewußtsein?

Peter wartet aufrecht ab. Er weiß nicht, warum ihm heute Ursula auf eine besonders schmerzliche und ergreifende Weise gefällt.

Währenddessen läßt sich der Zauberer an beiden Händen mit einem fingerdicken Strick fesseln; er hat einen Herrn aus dem Publikum um Mitwirkung gebeten und ermuntert ihn, doch nur ja recht heftig zu ziehen, seine Gelenke seien Kummer gewöhnt. Das ganze Manöver dient dem Gaunertrick, sich mit einer eleganten Bewegung der Hände aus der Schlinge lösen zu können. Dr. Habis ist der einzige, der die Achseln zuckt. Aber das ist alles nur Anfang – Überleitung.

Jetzt kommt die merkwürdige und niemals restlos aufgeklärte Sache mit den Tauben. Der Zauberer glättet mit weichen, gepflegten Händen liebevoll zwei große Bogen braunes Packpapier; rollt sie einzeln zu einem faustrunden Rohr zusammen und stellt sie neben sich auf den Boden. Auf einem Teller liegt eine weiße Masse, es kann Mehl sein oder Schlemmkreide, es kann auch Putzsand sein, jedenfalls hat dieses Pulver nicht die geringste Verwandtschaft mit dem Gebilde, das daraus gezaubert werden soll; es ist in der Tat phantastisch.

Und während Reuchlin schmunzelnd seine Vorbereitungen trifft, eleganten Hokuspokus treibt, mit einem kleinen schwarzen Stöckchen die Rollen berührt, die weiße Masse in zwei gleiche Teile schüttet und hin und her scharwenzelt, meint er in seiner spielerischen Art:

»Da ich, meine sehr Verehrten, von der Großartigkeit des folgenden Experiments überzeugt bin, werde ich es Ihnen schweigend vormachen. Ich weiß nämlich, daß Worte Waffen sind, deren sich die Menschen wie Kinder bedienen, weil sie sie für ungefährlich halten. Sie sind aber so gefährlich, daß ich Sie alle damit täuschen und über die Einmaligkeit dieser Sache hinwegjonglieren könnte, wie ich wollte. Aber ich will nicht; ich will, daß Sie für die Dauer von fünf glücklichen Minuten an die Unfehlbarkeit der schwarzen Magie glauben und jeden jammervollen Erdenrest vergessen mögen ...«

Hierauf schüttet er ein bißchen von diesem weißen Pulver in die papierenen Rohre, schwenkt sie herüber und hinüber, gurrt ein paar glucksende Laute, schwingt sich auf den Tisch, um zu zeigen, daß er tragfähig ist, stülpt ihn um, weil sich wirklich nichts Verdächtiges darunter versteckt, und lockt dann mit einem verführerischen »komm, komm, komm doch« aus den papierenen Rohren, die er schräg über seine Achseln hält, zwei weiße, sanfte Täubchen.

Es ist toll! Wie macht er das? Woher kommen die Tiere? Die Tiere sind echt; man soll es nicht für möglich halten! Wundervoll! Großartig! Das haben Sie fein gemacht! Der Saal trampelt vor Entzücken.

Reuchlin verbeugt sich dankend; man sieht ihm an, daß er sich warm über den guten Ausgang des Experiments freut; er streichelt die Tauben und haucht einen Kuß auf ihr weißes Gefieder.

»Der Applaus ist herrlich, danke, danke, meine sehr Verehrten, aber abwarten; erst der Schluß verpflichtet Sie zu dieser liebenswerten Form der Höflichkeit. Mich aber verpflichtet das Eintrittsgeld zu weiteren Scherzen.«

Er entläßt die Tauben ins Nebenzimmer und zieht ein Paket Spielkarten aus der Tasche.

»Nun kommt dieses letzte Unvermeidliche, werden Sie denken; ich bitte um Geduld; es kommt ganz anders, als Sie glauben. Nur muß ich um eine scharfe Kontrolle aus dem Publikum bitten. Diesmal hilft mir vielleicht eine Dame, nicht wahr?« Forschend sieht er sich um.

»Natürlich will mir wieder keine Dame helfen«, meint er schmollend; »die Damen scheinen alle ihre Hemmungen immer für diese Art von Vorstellungen aufzubewahren; sonst im heutigen Leben trägt man doch keine Hemmungen mehr! Na, was ist; hat niemand Mut?«

Dann sich an Ursula wendend:

»Wenn ich mich an Sie, meine Gnädigste mit dieser Bitte wage, dann kann ich doch darauf rechnen, daß Sie mir diesen Gefallen erweisen werden, oder nicht?« Er wartet kaum die kurze Antwort des Mädchens ab und reicht ihr schon den Arm, um sie feierlich aufs Podium zu geleiten.

Ursula erhebt sich rasch wie auf ein Stichwort; sie sagt: »Na schön.« Vielleicht hat sie es auch nur gedacht; jedenfalls ist sie froh, auf diese unbelastende Weise ihr halb gegebenes Versprechen einlösen zu können.

»Ich danke Ihnen, gnädiges Fräulein«, sagt Reuchlin lauter, als nötig wäre; aber dafür flüstert er um so leiser, daß es nur Ursula hört: »Unterste Karte anschauen« und hält dem völlig verblüfften Mädchen spielerisch das ganze Blatt vor die Augen; er mischt dabei die oberen 51 Karten so lange, bis das Mädchen begriffen hat.

Unerhört, denkt sie nur, unerhört! Pik zehn!

»Sind Sie bereit?« fragt er lächelnd, als sie wie eine verwirrte Heilige auf dem Podium sitzt.

»Ja«, sagt sie mit breitem, erzwungenem Lachen.

»Wir werden nun hier unten allerlei mit den Karten anfangen. Sie dort oben haben nichts anderes zu tun, als mit aller Kraft an eine bestimmte Karte zu denken. Und zum Schluß wird irgendein Herr aus dem Zuschauerraum, den sie bestimmen dürfen, die Karte ziehen, die Sie sich denken. Nicht wahr?«

Ursula lacht nur, gibt keine Antwort.

»Sie dürfen nicht lachen, meine Gnädigste, lachen stört jeden telepathischen Versuch aufs gründlichste;

Sie müssen nachdenken, fest nachdenken; immer fest nachdenken.«

Er schaut Ursula durchdringend in die Augen, wie wenn er sich ihrer für immer vergewissern möchte. Dann wendet er sich dem Publikum zu. Er läßt vom einen mischen, vom andern die fünfte Karte abheben, vom nächsten, der nicht weiß, wie ihm geschieht, nimmt er die Herzkönigin aus der Rocktasche, vom vierten zieht er gar ein halbes Spiel aus der Weste.

»Nun, wer soll nun die gedachte Karte ziehen?« fragt er dann mit spielerischer Geste nach oben.

Ursula sieht zögernd in Peters verschlossenes Gesicht; in seiner Brille spiegelt sich vielfältig die Deckenkrone. Dann deutet sie auf den Sachsen. »Dieser Herr hier.«

»Mein Kompliment«, sagt Reuchlin; »darf ich bitten, mein Herr!«

Geschmeichelt und mit wichtiger Miene zieht der Sachse eine Karte; er nimmt klüglich eine ganz verdeckte aus der Mitte, nicht eine der großen auf den beiden Seiten, die der Zauberer, wie für ihn gedacht, auffällig in den Fächer gesteckt hat. Er ist kein Mann, mit dem man Mätzchen machen kann. Verschmitzt schaut er die Karte an.

»Nun, was dachten Sie sich für eine Karte, gnädiges Fräulein? Sagen Sie es bitte sehr laut, damit gar kein Irrtum entstehen kann.«

»Pik zehn«, sagt Ursula fröhlich und zugleich neugierig ...

»Stimmt«, sagt der Sachse; »stimmt auffallend. Pik zehn, großartig, Donnerwetter, wie haben Sie das gemacht?«

Peter sitzt immer noch stocksteif und unheimlich verschlossen da.

»Das sind ja geradezu mediale Fähigkeiten, Fräulein«, ruft die Sachsenfrau aufgeregt. »Haben Sie das schon früher an sich entdeckt?«

»Wir wollen den Versuch wiederholen; nicht daß es den Anschein hat, als sei hier ein lächerlicher Zufall im Spiel. Vielleicht wird diesmal eine Dame die Karte ziehen; Damen sind meist skeptischer, nicht wahr?«

Reuchlin ist bei diesen Worten ganz nahe zu Ursula getreten und mischt wieder so unter ihren Augen, daß sie die unterste Karte zu sehen bekommt. Ein toller Bursche! Sie zögert, ob sie sich die Karte merken soll. Es ist Karo Dame.

Der Vorgang wiederholt sich; er läßt mischen, ziehen, alle Asse aussortieren, alle Zehner weglegen und reicht zuletzt der flammendroten Maxikanerin den Kartenfächer zur Wahl hin. Sie zieht, schaut schüchtern auf die Karte wie auf ein verbotenes Bild.

»Nun, meine Gnädigste, darf ich Sie um Ihre gefällige telepathische Auskunft bitten!«

»Karo Dame«, sagt Ursula, diesmal schon etwas widerwilliger.

»Sehr richtig«, flüstert die Maxikanerin in sanfter Verblüffung.

»Würden Sie uns nicht das richtige Ergebnis etwas lauter verkünden?« bittet Reuchlin. »Man könnte uns sonst nicht glauben!«

»Das Ergebnis ist richtig«, wiederholt die Maxikanerin, so laut sie kann; allerdings ist auch das nur ein lautes Flüstern, sie fühlt sich eine herrliche Sekunde lang Mittelpunkt dieser Vorführung.

Das dritte Experiment soll sich von den beiden vorausgegangenen insofern unterscheiden, als Ursula diesmal das Bild der gedachten Karte gleich zu Beginn des Hokuspokus einem zweiten verraten und nicht erst am Schluß allein verkünden soll.

»Welcher Herr möchte gerne das Geheimnis dieser Dame für kurze Zeit hüten?« fragt Reuchlin ins Publikum hinab, während er wiederum ganz rasch Ursula die unterste Karte vor Augen hält.

Nun ist es mir zu bunt, denkt das Mädchen; was zu viel ist, ist zu viel. Sie lächelt vergnügt, sieht die Herz sieben und denkt an Karo neun.

Dr. Habis streckt wie in der Schule die Hand hoch: »Ich möchte gerne, daß mir diese Dame ihr Geheimnis anvertraut.«

Allgemeine Heiterkeit. Reuchlin schaut Dr. Habis hypnotisch prüfend in die Augen. »Gut«, meint er, »warten wir ab, ob Sie der richtige Partner für diese Dame sein können.«

Habis lacht laut: »Die richtige Prüfung müßte allerdings unter Ausschluß der Öffentlichkeit stattfinden, meinen Sie nicht auch, Fräulein Ursula?«

»Sie dürfen den guten Kontakt nicht stören, Herr Doktor.« Reuchlin wird ärgerlich. »Ich stelle an Ihrer Hornbrille fest, daß Sie Akademiker sind«, fügt er versöhnlicher hinzu. »Sie werden verstehen, daß ein guter Zusammenklang alles für das Gelingen des Experiments bedeutet.«

Habis verbeugt sich zustimmend und entschuldigend.

»Karo neun«, flüstert ihm Ursula trotzig ins Ohr.

Im Publikum vollzieht sich wieder der übliche Unsinn: mischen, abheben, zaubern, witzeln, ablenken und ziehen lassen. Dieses Mal hat ein Homo novus die wichtige Karte gezogen.

»Bitte, Herr Doktor?« fragt Reuchlin mit abwartender Handbewegung.

»Karo neun.«

»Falsch«, sagt der Homo novus, »falsch, Herz sieben.« Seiner Stimme nach muß er viele Stunden auf preußischen Kasernenhöfen zugebracht haben.

»Ach«, sagt Reuchlin nur, »ach, schade.« Er zuckt die Achseln und wirft einen betrübten Blick dem Mädchen zu, das seine Kühnheit schon fast wieder bereut.

»Daran sind nur meine widrigen Gedankenströme schuld«, erklärt Dr. Habis streng. »Ich wollte Sie beeinflussen, Fräulein Ursula; ich wollte sehen, wer der Stärkere ist.«

Ursula betrachtet ihn betroffen. Meint er das im Ernst?

»Nun, ich möchte, nachdem ich mich so blamiert habe, gerne einer besseren Nachfolgerin das Feld räumen«, sagt sie mit der Miene eines treuherzigen Kindes und steigt von ihrem Thron herab.

»Sie haben sich bestimmt nicht blamiert; ich bin das böse Schaf«, tröstet Habis. »Man soll Skeptiker niemals an diesen Experimenten mitarbeiten lassen.«

»Es mag sein«, lächelt das Mädchen weise; »Skeptiker sind eine zu harte Nuß für dieses an und für sich schon harte Leben.«

Sie setzt sich mit einem fragenden Blick neben Peter, der gerade zum tausendsten Mal überlegt, warum ihm dieses Mädchen auf eine so bittersüße Weise gefällt.

Ist es wichtig, daß eine Frau etwas leistet, daß sie um das Wesentliche des Lebens Bescheid weiß, daß sie kochen kann und Blumen und Kräuter beim Namen nennt?

Nein, wichtig ist nur, daß Geheimnis um sie schwebt, wie um das Wasser, wie um Erde. Und wichtig ist, daß sie warmen Herzens ist, daß sie niemals versagt, wenn ihre Güte gerufen wird. Ist Ursula warmen Herzens? Peter schaut mit fragendem Blick zurück. Dann träumt er weiter.

Auch die Vorstellung geht weiter.

Reuchlin hat nun den Engländer, der mit seiner kalten Pfeife im Munde scheinbar teilnahmslos zuhört, um Mitwirkung gebeten. Dieser hält gleichgültig seine Hände über einem verdeckten Glas, in das vor aller Augen Weißwein gegossen wurde. Und trotzdem wird durch den rätselhaften Zauberstab der weiße Wein in roten verwandelt, ohne daß der Engländer das verdeckte Glas auch nur eine Sekunde aus den Händen gelassen hätte. Es ist recht sonderbar.

Der Engländer geht in stummer Verwunderung an seinen Platz zurück, nicht ohne die Pfeife vom linken in den rechten Mundwinkel geschoben zu haben.

»Eine Frage noch, mein Herr«, bittet Reuchlin.

Der Engländer schaut verwundert auf.

»Trugen Sie früher die Pfeife immer links, da Sie den Wechsel so offensichtlich vollziehen?«

Fragend schiebt der Engländer seine Augenbrauen in die Höhe.

»Why?«

»Es soll heutzutage Leute geben«, meint Reuchlin sanft, »die auch die Pfeife nach ihrer politischen Einstellung im Mundwinkel drehen.«

Der Engländer jedoch ist ein schlechter Leiter für derartige Witze. Er setzt sich stumm und schlägt die Beine übereinander. Die Laune des Publikums ist auf dem Höhepunkt.

Der Zauberer wickelt im zweiten Teil das übliche, oft gehörte, nie ganz ernst genommene und dennoch bestaunte Hopp-Hopp des telepathischen Suchespiels ab. Er läßt Uhren verstecken und rast mit verdeckten Augen, wie wild geworden, an der Hand der rotgefleckten Maxikanerin suchend im Saal umher. Ein Buch wird auf den Tisch gelegt. Reuchlin soll Seite 114 aufschlagen und eine Zeile daraus vorlesen. Er soll aus dem Etui von Dr. Habis eine Zigarette nehmen, anzünden und sie Frau Dr. Habis in die Hand geben. Er soll dem auf dem Flügel thronenden Buddha den bunten Schal der Sachsenfrau umlegen, er soll, ach, was soll er nicht noch alles. Den Inhalt von geschlossenen Briefen erraten und die Stabilisierung des Dollars voraussehen, Liebesgeschichten entwirren und Hausbrände verhüten.

Aber er tut's und wird schnaubend und dampfend mit seiner Aufgabe fertig. Seiner Führerin dankt er zum Schlusse in gewundenen Worten. Möge die schwarze Kunst ihrer weißen Seele den Frieden nicht rauben und möge sie ahnen, daß es Dinge gebe zwischen Gut und Böse, die den Alltag abrücken lassen in jene Sphäre der seligen Zeitlosigkeit, in der erst das wahre Glück beginne.

Die rotflammende Maxikanerin steht aufgewühlt und hilflos noch in der Mitte des Saales, als sich die andern längst schon von ihrem Beifallklatschen erholt haben und sich zum Gehen anschicken.

Am Ausgang des Saales wartet Dr. Habis auf den Zauberer: »Kommen sie nachher noch, wenn Sie nicht zu müde sind, zu uns in die Bar; wir haben einen großen Tisch reserviert. Ich möchte Sie gerne einiges fragen.«

Reuchlin tupft sich mit einem seidenen Tuch die Stirne ab: »Zu dienen«, sagt er mit einer Verbeugung.

Aus langen Halmen schlürfen sie dort bunte Getränke und reden aufgeregt über die Wirklichkeit des Unwirklichen. Es sind alle dabei, die dabei sein müssen; Hotelfreundschaften unterstehen eigenen, raschen Gesetzen. Man setzt sich heute zusammen an einen Tisch, man setzt sich auch morgen zusammen, schon bildet man einen undurchdringlichen Kreis, und wer erst am dritten Tag neu in ihn eindringt, bleibt so lange Fremdling in dieser Quarantäne des Mißtrauens, bis der erste aus diesem fest gefügten Gebilde die Heimreise antritt und so seinen Platz freigibt.

Man bestürmt Ursula mit Fragen: »Erzählen Sie mal, wie war denn das? Was haben Sie dabei gedacht, als Sie die Karte nannten? War es Ihnen unheimlich? Haben sie schon früher mediale Fähigkeiten an sich entdeckt? Sie sollten doch diese Gaben weiter ausbauen, meinen Sie nicht auch? Sind diese Anlagen auch sonst irgendwo in Ihrer Familie zu finden? Haben Sie nicht Angst vor sich selbst bekommen?«

Das Mädchen lacht: »Es war viel, viel simpler, als Sie alle denken. Aber so geht es wohl mit allem auf der Welt.«

»Nein, nein, so einfach entschlüpfen Sie uns nicht. Erzählen Sie genau.«

»Da ist nicht viel zu erzählen«, lächelt das Mädchen überlegen. »Mir fiel gerade diese und keine andere Karte ein, und so nannte ich sie, und es stimmte. Von unheimlichen Gefühlen konnte gar keine Rede sein.«

Sie bemerkt den eben eintretenden Reuchlin und setzt noch rasch hinzu: »Ich wundere mich höchstens, was ein geübter Zauberer mit einem so wirklichkeitsnahen und antisomnambulen Geschöpf, wie ich es bin, fertig bringen kann. Denkst du nicht auch so, Peter?«

Sie bläst die Hülle des Strohhalms dem ruhig schauenden Manne ins Gesicht.

»Die Welt, obwohl verwunderlich, ist gut genug für dich und mich, nicht wahr?«

Peter spürt deutlich, wie irgend etwas Brennendes aus der Gegend des Herzens gegen die Stirne pocht und wie der Kopf ärgerlich beiseite schiebt, was sich hier bebend meldet. Er lächelt zurück und sagt ein liebevoll-belangloses Etwas.

Reuchlin erhebt sein Glas: »Wohlsein, Partnerin, küß die Hand. Sie haben gut gearbeitet.«

»Wenn ich nicht gewesen wäre, Herr von Reuchlin, wäre Ihr Einfluß hundertprozentig gewesen, nicht wahr?« Dr. Habis blinzelt spöttisch.»Trotzdem war Ihre Leistung ganz fabelhaft.«

»Eigentlich glaube ich sonst im allgemeinen an keine Leistung auf der Welt. Es gibt keine Leistung, es gibt nur Sein!«

Reuchlin trägt schon wieder seine philosophische Maske. Er rückt seinen Stuhl zwischen Ursula und Frau Dr. Habis und schaut verträumt geradeaus.

Frau Habis legt bittend dem stets wippenden Freund die Hand auf die Knie: »Laß doch, bitte!«

Reuchlin benutzt diese Minute, in der die rechte Nachbarin abgelenkt scheint, und wendet sich heftig und leise zu Ursula: »Tausend Dank; nur der Schluß war böse; was war denn los? Bitte ja nichts verraten, solange ich hier bin; für später entbinde ich Sie gerne von der Schweigepflicht. Das gibt einmal eine nette Anekdote für eine Abendgesellschaft, nicht?«

Er blickt dem Mädchen eindringlich in die Augen: »Werden Sie mir noch einmal helfen?«

»Wie soll ich denn das?« preßt Ursula mit geschlossenem Mund hervor.

»Ich wiederhole die Vorstellung in der Taverna unten; wollen Sie kommen?«

»Wann?«

»In zwei bis drei Tagen.«

»Gut, ich komme, aber jetzt reden wir nicht mehr darüber.«

Ursula trinkt hastig ihr Glas in einem Zuge leer und reicht es Peter:

»Bitte, noch einmal, Telepathie macht Durst.«

Dann trinken sie, reden, lachen, tanzen zu einer quälenden Konserven-Musik, schauen erst heimlich, später unverhohlen nach der Uhr und lassen diesen Abend zu Ende gehen wie viele vor ihm, ohne daß mehr davon zurückbleiben würde, als das in einen Satz gepresste Erleben: Es war ganz nett. Nur Ursula und Peter werden länger von ihm zehren müssen.

Oben im Zimmer sagt Peter ernst zu seiner Freundin: »Ich verstehe nicht, Ursula, was ist da vor sich gegangen?«

»Schwindel, Peter, er hat mir zugeflüstert: unterste Karte ansehen. Hätte ich ihn vor der ganzen Gesellschaft bloßstellen sollen?«

Er lacht keineswegs. »Du hättest es gar nicht so weit kommen lassen dürfen.«

»Willst du denn jeden Spaß aus meinem Leben verbannen, Peter? Ich kann Kleinlichkeit nicht ausstehen, bitte merke dir das!«

Ursula ist heftiger geworden als sie wollte, weil sie mit schmerzlicher Deutlichkeit den Mann Peter plötzlich übersieht. Hier ist Liebe und Wärme und Güte und daneben Angst, Kleinlichkeit und Mißtrauen. Welche Seite wird Herr werden über die andere?

Peter schweigt mit verschlossenem Gesicht.

»Du weißt, daß ich dich gerne habe, Peter; und du mußt dieses Wissen so in dir verankern, daß du mir meine kleinen Scherze ganz ohne Bitterkeit gönnst. Ich brauche diese Freude am Spiel; ich werde sie immer brauchen.«

Peter säubert schweigend seine Brille mit einem Taschentuch.

»Man kann den Problemen am besten aus dem Wege gehen, Peter, indem man schweigt, aber gelöst werden sie auf diese Weise noch lange nicht.«

»Das nenne ich kein Problem, Ursula, das nenne ich schlechtes Benehmen.«

»Glücklicherweise ist die deutsche Sprache so reich, daß sie für alle Vorkommnisse des täglichen Lebens zwei Begriffe hat.«

»Man kann mit dir heute nicht reden, Ursula.«

»Ich glaube eher, man kann heute mit dir nicht reden, Peter.«

»Gute Nacht also, Ursula, schlaf gut.«

»Gute Nacht also, Peter. Natürlich schlafe ich gut, erst recht schlafe ich gut.«

Zu ist die Türe, die Stiefel fliegen in die Ecke, die Kleider wohin sie wollen.

Der Fremde von nebenan hat allen Grund, sich ärgerlich gegen die Wand zu drehen.

Nichts! Aber gar nichts??

Peters Verstimmtheit ist nicht gewichen. Er ist versonnen, frühstückt wenig und starrt seine leeren langen Blicke geradeaus.

»Du bist mir viel zu schwierig heute, Peter, es wird am besten sein, wir treiben einen Morgen lang Selbstbeschäftigung. Ich gehe schwimmen.«

»Gut«, sagt der Mann und meint es auch so, »ich gehe irgendwohin. Was soll ich dir mitbringen, Ulla?«

»Danke, nichts.«

Sie hebt sich auf die Fußspitzen, packt ganz sacht sein Kinn und küßt ihn unendlich zärtlich auf den Mund. Sie wundert sich selbst, wie zärtlich sie ist; das ist bedenklich.

Allein, in einer breiten weißen Hose, einer rot karierten Bluse und einem Riesenstrohhut schlendert sie mit ihrem Badekoffer den Berg hinab durch die engen Gassen des Dorfes, die Lidostraße entlang an den Strand.

Irgendwo kleidet sie sich langsam, fast feierlich um, salbt und schmiert sich mit herb duftendem Öl und gibt sich mit Andacht der Sonne preis. Ein Buch, wahllos aus dem Bücherschrank des Hotels gegriffen, wölbt sich heiß neben ihr im Sand. Hie und da zieht sie es faul zu sich herüber, blättert ein wenig, denkt ein wenig und legt es wieder weg.

Es ist ein Schreibtischbuch ohne viel Leben. Vielleicht ist sein Schöpfer mit Freude ans Werk gegangen, mag sein, aber am einsamen Pult hat ihn die Melancholie des Schreibtisches so sehr gepackt, daß seine

Strand von Ascona

Werke staubig wirken und seine Prosa schlecht gelüftet.

Der Mann müßte seine Fenster weiter öffnen, denkt Ursula und legt das Buch mit Wucht aus der Hand. Er müßte sich schöner freuen können. Es gibt so wenig Menschen, die sich schön freuen können.

Dann springt sie mit großen, weiten Sätzen ins Wasser.

Ihre braunen Arme schimmern durch die grünblaue Flut, ihre Nase, die sich klein und frech über dem Wasser erhebt, schnuppert beseligt die Welt. Wie schön das ist, wie wunderschön! Die dunstig graugrünen Berge, der nicht ganz klare, geheimnisvolle Himmel, der weite, kühle See, die Boote darauf, die kleinen, weißen Wasserblasen, die grünen, schlingernden Algen, die schnellen, kurzlebigen Fischlein, die lauten, hallenden Rufe, die jauchzenden, frechen Kinder und die albern wehrenden Mütter.

Wieso nur werden aus all diesen reizenden Kindern gräßliche Erwachsene? Und wieso beißen immer wieder diese dummen Fische in die Angel? Gibt es keine warnende Fischpolizei, die in Wellensprache Gefahren verkündet?

Ursula denkt sich die herrlichsten Dinge aus, die Fische gegen den Menschen zu organisieren. Ursula ist mit allen Fasern ihres Seins glücklich und allein. Muß man denn überhaupt zu zweit sein? Oder kann man nur gut allein sein, wenn man einen zweiten in der Ferne weiß? Aber diese Fragen brennen ihr heute genau so wenig auf der Seele wie der Gedanke an den Tod. Vielleicht ist man doch eine Ausnahme, an die das alles gar nicht herankommt. Vielleicht, wer weiß! Die Ferne ist heute so unendlich leicht und süß.

Die »Regina Madre«, von Locarno kommend, bringt Leben in den sanften See. Die Wellen spielen Brandung und der Strand dehnt sich in weißem Schaum. Ursula wirft sich froh den Wellen entgegen, läßt sich von ihnen und von dem Bewußtsein tragen, daß das Leben ein herrlich weiter Raum sei, der wert ist, ausgefüllt zu werden.

Nachher, als sie sich von der Sonne trocknen läßt, sieht sie Reuchlin in seiner sanften wiegenden Haltung den Strand absuchen.

»Ah, hier sind Sie. Ich habe Sie überall gesucht, nachdem ich Ihren Freund allein nach Ronco gehen sah.« Er nimmt ganz selbstverständlich neben Ursula im Sande Platz.

Schiff auf dem Lago Maggiore vor Ascona

»Woher beziehen Sie eigentlich Ihre Kühnheit, Zauberer?« Ursula hat die Absicht, klaren Tisch zu machen.

»Alles nur Menschenkenntnis, mein Fräulein, Berufsgeheimnis.«

»Die Sache von gestern abend war wirklich ein starkes Stück von Ihnen, Herr von Reuchlin.«

»Hat Ihr Freund gezankt? Sein Gesicht deutete auf Erdbeben! Er warf Ihnen einen tief verheirateten Blick zu.«

»Mein Freund hat nichts zu zanken, mein Herr, aber ich hatte das Recht, im höchsten Grade verwundert zu sein! ›Unterste Karte anschauen!‹ Nein, es war zu toll.«

»Dann werde ich morgen abend meine Worte wenigstens nicht mehr zu wiederholen brauchen, nicht wahr?«

Reuchlin spielt mit dem Buche, das neben der Obsttüte und dem Bademantel liegt, und wirft dem Mädchen einen absichtlich treuherzigschrägen Blick zu.

»Sie wollen jegliche Willensfreiheit in mir unterdrücken, indem Sie mir die Tat als selbstverständlich einimpfen, wie? Aber als Ihre Mitarbeiterin wäre ich auch verpflichtet, über die Taubensache Bescheid zu wissen. Wie steht es denn damit, Sie?«

»Erpressung, meine Teuerste, Erpressung. Das gilt nicht. Also war der Herr Doktor sehr böse auf mich?«

»Mein Freund ist sehr großzügig und weiß, daß ich alles, was ich tue, vor mir verantworten kann, und das genügt ihm«, lügt Ursula tapfer.

»Das muß sehr schön für Sie sein, gnädiges Fräulein«, meint Reuchlin ernst, »es werden Ihnen auf diese Weise viele unfruchtbare Konflikte erspart bleiben. Meine Ehe ging in die Brüche, weil meine Frau Beruf und Liebe nicht auseinanderhalten konnte.«

»Ich glaube auch, daß wir zueinander passen«, sagt Ursula zu rasch, um sich selbst die notwendige Überlegung zu ersparen. »Schwimmen Sie nicht?«

»O ja«, meint Reuchlin und dehnt sich faul, »ich schwimme doch immer. Was lesen Sie da?« Er blättert beiläufig in dem schon arg versandeten Buche.

»Einen unnötigen Roman.«

»Alle Romane sind unnötig; kennt man nicht sowieso schon erschütternd viele Menschen? Muß man ins überstopfte Leben auch noch papierenes stopfen?«

»Sie vielleicht nicht, aber ich; ich muß in fremde Hirne und Töpfe, in fremde Zimmer und in fremde Betten schauen, um das Leben richtig zu erkennen und um mich in Beziehung zu setzen zu diesem fremden Leben, das doch meistens ein gelebtes und geschautes ist.«

Wenn Ursula solche Dinge sagt, bekommt ihr breites Gesicht den heftigen und zugleich brennenden Ausdruck des Bekennens.

Reuchlin betrachtet das Mädchen entzückt:

»Sie sind unerhört ehrlich und unerhört jung; es ist eine Freude, Sie sprechen zu hören; es ist fast wie ein Bad, man wird sauber davon. Aber es folgt eben jeder seinen eigenen Gesetzen.

Ich kann nicht zu den fast unlösbaren Problemen, die mir mein Beruf, meine Verwandtschaft und mein alter Name stellen, auch noch jene fügen, die der Laune eines Schriftstellers entsprungen sind. Ich mag nicht zusehen, wie es dort brodelt und zischt, mir genügt es, wenn ich in mich hineinhorche. Sie werden auch noch einmal so voll sein vom Leben, Sie werden auch noch einmal in so viele Schicksale durch Gefühl oder Neugier hineingeknüpft werden, daß Sie keine Beziehung mehr zum gedruckten Leben haben werden; Sie sind gerade der Mensch, der das aktive Erleben dem passiven Erkennen vorziehen muß und auch vorziehen wird.«

Ursula hat dem Manne andächtig zugehört. Eigenartig, denkt sie, wie man sich in jedem Fremden auf eine bestimmte Weise widerspiegelt; woher nimmt er nur das Bild von mir? Ich würde nicht wagen, so rasch zu urteilen; ich glaube, ich habe nicht die geringste Menschenkenntnis. Dabei sagt sie nur: »Lesen ist mir Freude, Wort ist mir Freude, der Mensch, lebendig oder durch das Medium des Schreibens gesehen, ist mir Freude; das ganze Leben ist mir Freude und wird es hoffentlich immer bleiben, Herr von Reuchlin. Ich glaube, Sie pressen mich in ein viel zu früh fertiges Bild, in ein Schema fast. Ich bin ganz ohne Rahmen. Ich bin eben ich. Kommen Sie, schwimmen Sie noch einmal mit mir in den See, das ist schöner als Worte machen.«

»Sie haben eine wundervolle Art, Diskussionen abzubrechen, Fräulein Eisenlohr. Wo haben Sie das gelernt?«

»Berufsgeheimnis«, ruft das Mädchen zurück, das im voraus schon ins Wasser gelaufen ist.

Nachher verabschiedet sich Reuchlin sehr rasch.

»Der weiche Strand hat ganz andere Gesetze als das herbe Land, meine Gnädigste; man soll uns draußen nicht zusammen sehen, sonst leidet der Ruf unserer Ernsthaftigkeit und unser gemeinsames Arbeiten morgen wird unterwühlt. Sie wissen doch, daß es überall Spitzel gibt.«

Ursula nickt nur.

»Also um 9 Uhr dann in der Taverna, Sie nehmen einen Tisch in der vordersten Reihe. Aber diesen famosen Doktor Habis mit den widrigen Strömen lassen Sie bitte zu Hause, nicht wahr? Küß die Hand!«

Eine Verbeugung, weg ist er, als wäre er nie gewesen. Ursula bleibt sinnend zurück: Warum wohl handelt sie so und nicht anders? Warum ist sie bereit diesem Fremdling zu helfen und Peter, den besten Freund, zu kränken? Warum wohl? Sie kommt zu keinem Ende. Ist es nicht besser, sie folgt diesen kleinen Regungen der Seele und wartet ab, was sich daraus ergeben wird, als daß sie ihr Leben in eine Retorte gießt und alle Reaktionen im voraus bedenkt wie ein Chemiker seine Versuche? Ist sie nicht eine Frau, die das Zeug hat, ihren Instinkten zu trauen; kommt nicht nur alles, weil es kommen muß, und führt nicht alles zu einer wesentlichen Lösung? Ursula weiß es nicht, aber s i e h o f f t darauf, und so ist es gut.

Als Peter von seinem einsamen, gedankenreichen Gang nach Hause kehrt, trifft er in der Halle Gabriele Schilling im Reisekleid über die Hotelrechnung gebeugt, nachrechnend und nachdenkend.

»Man will mir einen Nebiolo anhängen, den ich gar nicht getrunken habe. Zu Nebiolo läßt man sich doch einladen, nicht wahr, Dr. Mack?«

»Sie wollen schon abreisen? So ganz plötzlich?«

»Ich reise immer plötzlich.«

»Haben Sie gar keine Ruhe, Frau Schilling?«

»Es kann nicht jeder wie der große Bär nur um sich selber kreisen, Dr. Mack. Das heißt, Sie können es, aber Sie sind eine wohltuende Ausnahme.«

Sie hält ihm ihre viel zu lange Zigarettenspitze entgegen und bittet um Feuer.

»Glauben Sie wirklich, daß ich eine so große Ausnahme bin? Es sieht jeder immer die Welt nur durch die Brille seines eigenen Wesens.«

Peter ist doch etwas betroffen durch die Rede dieser Frau. Er spürt plötzlich einen Ursula ähnlichen Zug in Gabriele Schilling. Sind sich denn alle Frauen ähnlich, oder hat er nur die verdammte Art, nicht klug aus ihnen zu werden?

»Natürlich schlüpft keiner aus seiner Haut, Dr. Mack. Aber ich glaube, Sie sind ein ganz besonderer Starrschädel. Solch ein Genie des gesunden Menschenverstandes, ich kenne diese Art Männer gut. Es gibt nur einen Weg für sie, nur eine Frau, nur eine Arbeit, nur ein Glück. Und für mich gibt es zu viele.«

»Wieso glauben Sie mich so gut zu kennen? Wir sind uns doch sehr fremd geblieben.«

»Weil einem der Reisetag Mut macht zu solchen Wahrheiten, und weil es eine alte Sache ist, daß die Nächsten gar nicht immer die Nahesten sind.«

»Und weshalb reisen Sie so plötzlich ab; ist irgend etwas Besonderes geschehen?« Peter lenkt lieber ab auf dieses Geleise.

»Es ist gar nichts geschehen, wenn man die Erkenntnis, daß das Leben hier für mich sinnlos geworden ist, nicht als Geschehnis werten will. Es ist in der Tat immer wieder dasselbe. Man erwartet etwas, erlebt mit Hast, sieht sich enttäuscht oder unerfüllt, bekommt eine neue Erkenntnis, die man auch Stirnfalte oder Runzeln heißen könnte, und reist ab mit der Hoffnung, irgendwo anders wieder eine neue Hoffnung, neue Erkenntnis, neue Stirnfalte auftauchen zu sehen.«

»Es tut mir leid, daß Sie abreisen«, sagt Peter voll Mitleid, weil er nichts anderes zu sagen weiß.

»Immer noch besser, als daß ich Ihnen leid täte; ich hasse Mitleid, ich brauche es auch nicht. Ich habe mir mein Leben selbst so eingerichtet und fresse es durch bis zur Neige; es gefällt mir sogar; nur manchesmal überfallen mich diese traurigen Nachdenklichkeiten:

dann rede ich mir ein, das käme vom Föhn oder vom Mond oder vom Regen, je nach der Jahreszeit!«

»Nein, Mitleid ist nichts für Sie, Frau Gabriele, aber eine gute Reise darf ich Ihnen trotzdem wünschen? Das ist unverfänglich; außerdem eine recht gute Zeit! Vielleicht sehen wir uns wieder einmal auf dieser großen, kleinen Welt.« Er gibt ihr herzlich die Hand.

»Vielleicht«, sagt sie achselzuckend. »Vielleicht soll es aber so sein, daß Sie zu dem kleinen auserwählten Grüppchen des Unerlebten gehören müssen, das auch seinen Sinn im Leben hat. Jedenfalls, Dr. Mack, werden Sie eine angenehme Erinnerung sein. Es hätte mehr werden können; aber das sage ich nur, weil mein Auto in einer Minute fährt. Adieu, Dr. Mack. Grüßen Sie Ihre blau karierte Freundin und behandeln Sie sie richtig!«

Dann beschäftigt sie sich mit ihren Koffern und mit der Abwicklung des Abschieds.

Sie bemerkt gar nicht mehr, daß Peter wie eine Holzfigur daneben steht. Es ist sehr viel gewesen, was er in dieser einen Minute zu hören bekam, und da er die fatale Gewohnheit hat, den Dingen auf den Grund zu gehen, wird er nicht so schnell fertig damit. Wenn Ursula ihn so gesehen hätte, würde sie mit Augenzwinkern gesagt haben: »Na, Peter, als ich einmal an der Spitze meiner Batterie ...«

Und später, als sie sich wieder zusammenfinden, fragt das Mädchen den Mann mit ihrem unschuldsvoll frechen Kindergesicht:

»Was hast du mir denn mitgebracht, Peter?«

»Nichts! Du sagtest doch selbst, ich solle dir nichts mitbringen.«

»Ja, nichts! Aber gar nichts??!«

»So seid ihr Frauen«, sagt der Mann in einem Ton, der die ganze Hilflosigkeit seiner Seele preisgibt.

»Nein, so seid ihr Männer!« macht ihn Ursula nach. Aber sie wäre gerne bereit, sich mit dem hier anwesenden Vertreter dieses seltsamen Geschlechts wieder zu versöhnen.

Peter ist noch lange nicht so weit. Es geht ihm viel zu viel im Kopf herum. Er ist aus Abwehr sehr förmlich. Deshalb sagt Ursula nach einer Weile trotzig:

»Ich habe mich für morgen abend mit Reuchlin verabredet; er gibt eine Vorstellung in der Taverna und ich helfe ihm bei seinen Kartenkunststückchen. Wenn du willst, kannst du gerne mitkommen.«

»Ist das dein Ernst, Ursula?«

»Würdest du denn Spaß mit dir treiben lassen?«

»Mädchen, Mädchen, bedenke das alles noch einmal ganz genau!«

»Es gibt nichts mehr zu bedenken, Herr Schulmeister; versprochen ist versprochen. Überdies: Was ist schon dabei?«

»Das weißt du selbst ganz genau, und indem du fragst, zeigst du ja nichts anderes als dein schlechtes Gewissen.«

»Fährst du nicht mit viel zu grobem Geschütz auf, Peter?«

»Jawohl, Ursula, weil ich nicht will, daß meine Freundin einen Betrug gutheißt und unterstützt.«

»Betrug! Sei nicht lächerlich, Peter: Gehst du zu einem solchen Hokuspokus, um an ihn zu glauben oder um dich daran zu erfreuen?«

»Die Fragestellung ist falsch, Ursula. Ich kann nicht mitansehen, daß sich meine Freundin zu minderwertigen Betrügereien hergibt. Es handelt sich gar nicht um die Zauberei als solche, es handelt sich nur um dich, du verstehst doch –«

»Ich verstehe alles, was ich verstehen will, Peter; aber diese Fragestellung ist genau so falsch; müßte sie nicht eigentlich lauten: Darf meine Freundin in den zehn Tagen unserer gemeinsamen Reise überhaupt für andere Dinge Augen haben als für mich, den Doktor der Rechte, Peter Mack, Ritter des Eisernen Kreuzes erster Klasse, Träger hoher Orden, Vorstand des ADAC Sektion Stuttgart, Schriftführer des Kegelklubs ›Alle Neune‹ und trotzdem erfolgloser Kämpfer gegen seine eigene Eifersucht.«

»Du bist sehr ungerecht, Ursula.«

Peter verbohrt sich in seine starre unerquickliche Ruhe, die, wenn sie lange dauert, gefährlich werden kann.

Das Mahl verläuft trübe und peinlich. Es ist schade. Später sagt Peter in einem ganz neuen entschlossenen Ton: »Entschuldige mich, bitte, für kurze Zeit!« Er hält dabei die Türe des Speisesaals offen, um Ursula den Ausgang frei zu machen, läßt sie vorangehen und dreht selbst an der Treppe wieder kurz um. »Auf Wiedersehen.«

»Ganz neue Tour«, brummt das Mädchen leise staunend zu sich selbst.

Und als sie sich in ihrem Zimmer zur Ruhe legt, entdeckt sie mit einem Mal, daß solch eine Couch viel zu viel Raum hat für ein einziges schmales junges Mädchen.

Peter ist noch einmal zurückgegangen durch den abgegrasten Speisesaal, der plötzlich so häßlich geworden ist wie alles, das satte Menschen achtlos verlassen, und dringt durch die schmale Anrichte und den kleinen Gang bis zur Türe mit der Aufschrift: »Eingang verboten«. Dann sieht man ihn vertieft in ein langes eindringliches Gespräch mit dem Küchenchef Paolo, der seine Muttersprache mit beiden Händen bekräftigt und oftmals durch heftiges Kopfnicken seine hohe Mütze ins Wanken bringt.

»Mais oui, je comprends, Monsieur, ich bin durchaus einverstanden.« Man weiß nicht recht, handelt es sich um ein »souper à deux«, wobei eines der dreißig Omelettenrezepte eine Rolle spielt, handelt es sich um Hilda oder sonst um irgend etwas Delikates, man weiß es wirklich nicht, denn Peter spricht ein sehr mangelhaftes Französisch.

Ist es nötig, den Teufel mit Beelzebub auszutreiben?

Ganz offensichtlich ruhen im schlechten Gewissen schöpferische Kräfte: Ursula zum Beispiel ist noch nie so reizend erfinderisch in Kosenamen, kleinen Späßen, lustigem Zeitvertreib und frechem Allotria gewesen wie am Vormittag dieses denkwürdigen Geschehens. Sie hätte sich und die Welt am liebsten auf den Kopf gestellt. Mit zwanzig Jahren ist manches möglich, was mit vierzig nicht mehr möglich ist.

Sie sitzen nach dem Schwimmen bei einer Limonade unten im Café Centrale und beschauen sich hier von der stillern Seite das Gegenüber. Es sind immer die selben Gesichter; scheint es nicht, als seien sie festgeklebt auf diesen Eisenstühlen für immer und von alters her? Nur die Farbe der Getränke wechselt und die Teller, die sich müde leeren.

Erst spielen sie Nummernzählen.

Peter muß alle von Brissago her kommenden Autos und Ursula alle aus der entgegengesetzten Richtung nach ihren Nummerschildern zusammenzählen. Wer zuerst auf zehntausend kommt, hat gewonnen.

Dann wieder das uralte Spiel: Ich habe recht, das unter Liebesleuten sehr verbreitet ist, auf eine ganz neue und ernsthafte Weise geübt: Peter muß mit Bleistift und Papier alle Fälle notieren, in denen er bisher recht hatte, und Ursula tut desgleichen.

»Wie war denn die Sache mit der verfehlten Wegbiegung, Peter, damals vor Badenweiler, erinnerst du dich noch? Da hatte ich recht; und dann, als du die

Aktenmappe vor dem Termin Kübler vergessen hattest, wer wußte sich da nicht zu helfen und wer konnte dafür Rat schaffen? Nun? Du denkst doch hoffentlich daran, Peter, oder? Natürlich, Männer vergessen mit Vorlieben jene Fälle, in denen sie schwach waren. Bei Frauen ist das ganz anders. Sie behalten gerade ihre schwachen Augenblicke mit Freude im Gedächtnis; daraus lernen sie; das gibt ihnen ja gerade diesen Fundus des Rätselhaften, den ihr so sehr an uns liebt. – Und weil ihr vergeßt und mit Absicht vergeßt, seid ihr uns immer unterlegen.«

»Was bist du für ein altkluges Kind, Ursula«, meint Peter unbehaglich. Er besinnt sich krampfhaft auf die Fälle, in denen er bisher recht hatte. Sein Bogen Papier strahlt ihm noch unschuldsvoll weiß entgegen. Es fallen ihm aber nur Fälle ein, mit denen er sein tägliches Brot verdienen muß.

Es ist gut, daß die Beschäftigungslosigkeit sie beide in hohem Maße beschäftigt. Sie sind froh darüber; es lenkt ab von den Worten, die man machen müßte, wenn man an den Abend zu denken gezwungen wäre. So aber redet man mancherlei, nur vom Wesentlichen redet man nicht. Und die Worte, die sie machen, purzeln schnell vom Kopf durch den Mund, verwehen und sind schon vergessen. Nur nicht an das grelle, grüne Plakat erinnern, das reißerisch den heutigen Abend verkündet und peinlich von der Türe des Verbano her tief in die Augen sticht.

Warum auch jetzt schon reden? Hat man nicht noch solch eine große, leere Menge Zeit vor sich liegen? Weiß Gott, wie sich dieser Tag füllen mag!

»Ich habe schon achttausendvierhundert, Peter, und du?«

»Ich habe neuntausendundzwanzig«, sagt er triumphierend.

Aber dann, wie es immer so ist in den Tagen der Ferien, hat sich dieses große Ende Zeit klein gemacht, hat das Kunststück zuwege gebracht, sich mit nichts zu füllen und ist schon vorbei. Plötzlich ist es aus mit dem Katz und Maus spielen um jeden Preis und mit dem Selbstversteck ohne Bleibe. Man muß Farbe bekennen. Es hilft nichts.

Nach dem Abendessen, gegen halb neun Uhr sagt Ursula sanft schnurrend und ganz obenhin:

»Adieu, Peter, treffe ich dich um elf Uhr wieder hier in der Halle?«

Sie reicht ihm lächelnd die Hand, schüttelt ihre Haare in drollig bewährter Weise und gibt sich Mühe, das Wort »Vorstellung« mit banger Vorsicht zu vermeiden.

»Ich weiß nicht, was ich tue und wo ich bin«, sagt der Mann barsch. Er macht gar keine Anstalten, das Mädchen ins Dorf hinab zu begleiten; sein Gesicht ist ein fremdes Gemisch von Entschlossenheit, Abwehr und Trauer. Er gibt ihr kurz die Hand.

»Wir werden uns schon wiederfinden«, meint Ursula in betonter Harmlosigkeit.

»Vielleicht.«

Peter zuckt mit den Achseln und wendet sich um.

»Vielleicht« ist das gefährlichste Wort zwischen Liebesleuten, manche behaupten das klügste.

Die Taverna liegt als großer, breiter rotgelber Fleck inmitten der Dorfstraße. Sie ist das Kind von heute zwischen den ehrwürdigen Tessiner Tanten, die Ruhe und kühle Geborgenheit dem Gelärme der Zeit entgegenhalten.

Eine Menge Autos und Omnibusse parken vor dem Eingang. Reuchlin kann sich über Kasse freuen.

Ursula geht nicht wie sonst aufrecht und selbstbewußt durch die Halle; sie schlängelt sich unter dem Gequäke der Musik schüchtern durch die Menschen, die sich vor den Spiegeln zurechtmachen und sich das bißchen Zeit vor dem Beginn vertreten.

Zwischenzeit ist immer eine schwierige Aufgabe für Denkende. Das Mädchen gibt sich Mühe, zu glauben, daß ein Leben ohne Absonderlichkeiten, wie es Peter lebt, gar kein richtiges Leben ist. Vernunft allein macht nicht immer glücklich; man muß ganz einfach ein bißchen verrückt sein. Aber dieses absichtsvolle Glauben gelingt nicht recht.

Dann setzt sie sich an ein kleines Tischchen in der vordersten Reihe und pudert sich, liest die Getränkekarte wie ein fesselndes Buch und wartet ab. Das gelingt besser. Mit neugierig kühlem Blick, wie ihn die nicht ganz Sicheren als Maske tragen, mustert sie die Danebensitzenden, betrachtet das ungepflegte Haar einer dicken Dame und den Rückenausschnitt einer Braungesonnten.

Von all denen, die sich in diesen Tagen den Namen »Bekannte« erworben haben, ist keiner anwesend. Das ist gut so. Dennoch bleibt Ursula nicht allein. Zwei dieser jungen, auffallenden, seltsam malerisch

Taverna, Ascona

anmutenden Menschen, wie sie zu Dutzenden hier zu finden sind, zeigen suchend ihre Karten, grüßen und nehmen Platz neben Ursula. Sie bieten allein durch ihr Dasein dem wartenden Mädchen herrliche Gelegenheit, sich die Zeit mit der Betrachtung der beiden zu vertreiben.

Eine Frau, groß, schmal, unerhört blond, mit braunen flackernden Augen und einem sehr roten schnuppernden Mund; sie ist in einen langen enganliegenden Rock gewickelt und trägt eine bunte Seidenbluse darüber, die herausfordernd knapp anliegt. Der Mann neben ihr in einem roten Hemd und einer weißen Leinenhose sieht mit brennendem, ungesundem Blick im ganzen Saal nur diese eine Frau. Sicherlich weiß er kaum, wo er sich eigentlich befindet; sicherlich verzehrt er hastig das Glück dieser Gegenwart, die ebenso knapp sein wird wie die Bluse seiner Freundin. Die hörige Art, mit der er diese Frau umliebt, ist peinigend für alle, die sie durchschauen.

Ursula ist so sehr versunken in dieses fremde ungewußte Schicksal, sie lebt sich so ein in zwei ferne und doch so nahe Menschen, daß sie erschreckt auffährt, als Reuchlin plötzlich zu sprechen beginnt.

Es sind beinahe die gleichen Sätze, ja die gleichen Worte wie damals. Das ist unangenehm und stößt das Mädchen sonderbar ab. Die weichen Wiener Laute dieses ›Meine sehr Verehrten‹ und ›Meine Gnädigen‹, dieses ganz und gar nicht in die Tat umzusetzende ›Küß die Hand‹ verlieren wie eine schlechte Medizin bei der Wiederholung jede Wirksamkeit. Ursula wehrt sich gegen ihre eigene innere Auflehnung. Was ist denn los mit ihr? Hat sie etwa schon Peters Augen bekommen? Mit aller Anstrengung lächelt sie Reuchlin, der sie mit einem kurzen Zwinkern begrüßt, tapfer entgegen. Niemand außer der blonden Frau hat dies bemerkt. Es ist ja immer so, die fremdesten Frauen wittern einander. Meist entscheiden sich Liebe und Gegenliebe in diesen ersten Minuten.

Das Spiel mit den glänzenden, klappernden Messingringen, die sich durcheinander ziehen lassen wie Gummischlangen, wiederholt sich. Es wiederholt sich auch das phantastische Erscheinenlassen der Tauben, das an Merkwürdigkeit nicht verloren hat. Es wiederholen sich auch bis zur Langeweile die an das Entgegenkommen der Frauen gerichteten Worte und die Bitte, ihm doch kritisch bei seinen Experimenten zu helfen. Ursula fühlt Mitleid und Ekel zugleich. Trotzdem geht sie auf ihr Stichwort: »Wollen Sie mir nicht diesen Gefallen erweisen, meine Gnädigste?« gehorsam und geduldig mit ihrem Partner aufs Podium, das dieses Mal schon eher einer Bühne gleicht.

»Heute bitte nicht mogeln«, sagt Reuchlin, im Gehen leise wispernd. Er verschiebt die Begriffe von Recht und Unrecht mit einer Leichtigkeit, als hebe er mit seinem Zauberstab die Schwerkraft der Erde auf.

Ursula lächelt krampfhaft und weiß plötzlich selbst nicht mehr, weshalb sie gestern im kleinen Lesezimmer diesem fremden Menschen ihr Versprechen gegeben hat. Sie weiß auch nicht mehr, warum sie Peters Wunsch zuwiderhandelt, vielleicht nur aus Auflehnung gegen seine gebieterische Art; vielleicht auch nur aus einem kindischen Drang, kindisch zu sein. Sie weiß es nicht, sie weiß nur eines, daß sie sich hier oben vor den vielen fremden Gesichtern in einer beklemmenden Weise ausgesetzt und preisgegeben fühlt. Wem preisgegeben?

Der Masse, dem schlechten Gewissen, einer fremden Macht? Sei es, wie es mag, dem Mädchen ist gar nicht wohl in seiner Haut. Das Spiel von neulich hat plötzlich ein anderes Gesicht bekommen. Ursula hätte viel darum gegeben, könnte sie weglaufen und alles ungeschehen machen und oben auf ihrem Berg brav neben Peter in der Halle sitzen könnte. Aber nun ist sie hier oben, angebunden an ein gegebenes Versprechen und eingeschnallt in einen fremden Hokuspokus. Eine bittere, eindringliche Lehre, zu spüren, wie erst die Wiederholung die Spreu vom Weizen sondert und das Wesentliche erkenntlich macht. Es müßte schon mehr sein als bloßer Zauber, um standzuhalten vor Ursulas plötzlich hellhörig gewordenem Urteil.

Ist es nicht mehr als dumm, vor hundert Köpfen zu sitzen, zu lächeln, an Karo König zu denken und zu ahnen, daß dieser Blödsinn hier oben nicht anders aufgebaut ist als so mancher fauler Zauber im übrigen Leben. Ein schlechter Geschmack bleibt auf der Zunge zurück. Und das ist niemals schön.

Das Experiment trägt viele Ahs und Ohs und ähnlich dumme Rufe der Verwunderung ein. Armer Reuchlin, Abend für Abend diese bitteren Pillen der irregeleiteten Hochachtung schlucken!

Mit großer Überwindung merkt sich Ursula die zweite Karte, die ihr wieder wie damals während des Mischens unter die Nase gehalten wird. Es ist Kreuz neun. Zufällig schaut sie dabei auf die blonde Frau an ihrem Tisch, fängt einen spöttisch-wissenden Blick auf und wird flammend rot. Was denkt sich wohl diese fremde Frau? Sicher ist sie auf völlig falscher Fährte.

Trotzig sagt das Mädchen dieses Mal ihre »Kreuz neun«.

Der Applaus steigert sich. Reuchlin tänzelt schon fröhlich durch den Saal, mischt zum dritten Male die Karten vor Ursulas Augen, indem er liebenswürdig harmlose Reden an seine geduldigen Hörer hält.

»Man glaubt immer, der warme Sommer lähme die Ansprüche des Publikums«, sagt er. Es würde bescheidener, dankbarer, geduldiger; er aber wisse, daß das Gegenteil der Fall sei. Nirgendwo anders kämen die Leute mit solch ausgeruhten Nerven in die Säle als in der Sommerfrische, geradezu bis an die Zähne gewappnet mit Kritiklust. Er trage Sorge dafür, daß sie voll und ganz auf ihre Kosten kommen würden. Drei Franken Eintritt pro Person verpflichte! Dabei lächelt der Mann auf seine undurchsichtig spöttische Art und nickt seiner Partnerin aufmunternd zu.

»Herz Bube« merkt sich Ursula und prägt sich zugleich mit diesem Bild auch die Absicht ein, nie wieder hier oben mitzumachen.

»Sie werden so liebenswürdig sein, meine Gnädigste, zum dritten und letzten Mal Ihr Kartengeheimnis irgendeiner Dame im Saal anzuvertrauen! Allerdings ist dies ein ganz neuer Versuch von mir; sonst lasse ich meist Damen mit Herren und Herren mit Damen arbeiten; ich habe mit dieser natürlichen Zusammenkoppelung bisher die besten Erfahrungen gemacht. Jedoch, wir wollen sehen. Man soll sich das Leben nicht allzu leicht machen, bisweilen schaltet man auch auf diese Weise widrige Strömungen aus, nicht wahr?«

Das war ein letzter Appell an Ursulas Hilfsbereitschaft.

Mit Widerwillen flüstert sie der Frau von ihrem Tisch, die sich freiwillig als Geheimnisträgerin gemeldet hat, zu: »Herz Bube.«

Wiederum das übliche Theater: Mischen und ziehen lassen, witzeln und herumprobieren, abheben und dabei Karten aus Ärmeln und Rocktaschen ziehen; eine lange Geduldsprobe für das auf Ablösung wartende Mädchen.

»Nun, meine Gnädige«, sagt der Zauberer siegesfroh zu der blonden Frau. »Würden Sie das Geheimnis der dunklen Karte lüften?«

»Herz Aß«, sagt diese triumphierend und wölbt ihren kleinen roten Mund kampflustig gegen Ursula.

»Falsch«, ruft der Herr aus dem Publikum, »grundfalsch, Herz Bube.«

»Richtig, grundrichtig«, hätte Ursula gerne gerufen, aber sie beherrscht sich und steigt etwas müde, mit zuckenden Achseln vom Podium herab.

»Schade, daß es nicht richtig ist«, meint sie nur und hätte gerne Reuchlins Blick vermieden. Dann setzt sie sich an ihren Tisch zu der blonden Frau zurück und nimmt einen heftigen Schluck Limonade, um Mut zu fassen.

Später, als man schon auf der Bühne auseinandergerissene Zeitungen wieder zusammenwachsen läßt und roten Wein in weißen verwandelt, fragt Ursula leise und tapfer die Frau neben sich:

»Wieso denn?«

»Das ist doch ganz klar«, flüstert die andere zurück. »Ich war letztes Jahr an Ihrer Stelle. Ich kenne ihn von Locarno her; es war genau dieselbe Sache. Ich bin überhaupt nur gekommen, um zu sehen, wie er es dieses Jahr betreibt, sonst hätte ich mir doch diesen Blödsinn nicht noch einmal zugemutet. Er hat einen großen psychologischen Fehler gemacht, indem er mein Anerbieten annahm, Ihr süßes Geheimnis zu hüten. – Man soll nie glauben, eine Frau zehre noch von den Liebenswürdigkeiten des vergangenen Jahres.«

Das war schon halb für den rotblusigen Mann gemünzt, der begeistert die Worte seiner Freundin trinkt.

»Ach so«, sagt Ursula mit einem ergebenen Seufzer. »Ach so.« Sonst nichts.

»Nehmen Sie die Sache nicht zu ernst«, meint die andere lächelnd; »man soll doch immer größer sein als der Mist, der einen umgibt. Komm, Luxi, wir gehen.«

Sie stehen auf und gehen mit sehr viel Lärm aufsehenerregend durch den Saal.

Ursula hätte der Blonden noch gerne gestanden, daß ihre Vermutungen nicht ganz zutreffen, aber sie ist seltsam gehemmt, zieht ihren großen nachdenklichen Mund und lehnt sich stumm in den Stuhl zurück.

Später, nach einer Stunde – oder war es ein ganzer Tag? –, als die Vorstellung glücklicherweise zu Ende ist, schlüpft sie rasch zwischen den durcheinandergerückten Stühlen zum Saal hinaus, um nur ja nicht mehr mit Reuchlin reden zu müssen. Nur ja, husch, husch aus dem Abenteuer, das keines war, heraus und heim. Sie ist eine der ersten an der Garderobe; noch verläuft sich der Trubel im Saal.

Jedoch, als sie gerade außen vor der Türe suchend um sich schaut – vielleicht ist Peter doch gekommen –, tritt ein wuchtiger, schwarzer Herr an sie heran, schlägt seinen Rockkragen zurück, läßt dahinter eine metallisch glänzende Marke blitzen und sagt mit ernstem, unerschütterlichem Ton:

»Suivez-moi, Mademoiselle, s'il vous plaît«, und noch einmal in hartem Deutsch: »Folgen Sie mir unauffällig!«

Schon hat er die völlig bestürzte, zu keinem Gedanken fähige Ursula an der Hand gefaßt und zieht sie wie eine Gefangene um die Ecke des Gebäudes in ein kleines, kahles Nebenzimmer der Taverna.

»Was wollen Sie von mir?« stottert Ursula. Sie ist blaß, hat alle Nerven verloren. »Sie verwechseln mich sicher, ich bin eine völlig unbescholtene Frau; lassen Sie mich doch los!«

Sie versucht, an diesem großen, vierschrötigen Kerl vorbei ins Freie zu gelangen. Weinen ist ihr näher als Lachen.

»Restez-là, Mademoiselle, dageblieben!«

Der Mann ist imstande, die Tür zu verriegeln und den Schlüssel in die Tasche zu stecken; es ist unerhört.

»Ich weiß nicht, was Sie von mir wollen«, sagt das Mädchen ratlos. Sie greift sich an den Kopf, sie macht ein paar Schritte auf und ab in dem kleinen Käfig, in dem nur ein Tisch und zwei Stühle stehen, weil nichts anderes mehr Platz gehabt hätte.

Sie denkt an Peter; es ist fürchterlich, er wird nach der Uhr sehen, ernste Blitze aus seiner Brille funkeln lassen: Wo bleibt denn das böse Mädchen so lange?

Und sie ist hierhergeschleift worden wie eine Verbrecherin, ohne ein Wort sagen zu dürfen, hierher in dieses schauerliche, stickige, kleine Loch. Wie lange wohl? Ursula möchte so furchtbar gerne weinen, aber sie beherrscht sich mühsam und sieht diesen dicken Turm neben sich an:

»Was wollen Sie eigentlich von mir? Sicher verwechseln Sie mich, sicher. Ich bin Ursula Eisenlohr und wohne oben auf dem Monte Verità; ich habe natürlich keine Papiere hier, um mich auszuweisen; man geht doch nicht mit einem Paß in die Taverna.

Aber ich kann mich durch Bekannte ausweisen lassen. Ich habe viele Bekannte.«

Das dicke Rotgesicht betrachtet sie stumm und durchdringend und schüttelt den Kopf: »Ich verstehe nicht, Mademoiselle, ich spreche nicht so gut Deutsch: noch einmal bitte, viel langsamer.«

Ursula wiederholt flehend ihre Sätze, sie zittert, daß er sie vielleicht doch falsch verstehen könnte, das wäre gräßlich. In der Aufregung verhaspelt sie sich in unmögliche französische Worte; sie denkt an den Vater, an Mademoiselle Jeanne, die immer sagte, erst wenn man in einer fremden Sprache richtig fluchen könne, würde man sie ganz beherrschen. Nun würden nicht einmal mehr Flüche nützen. Lieber, lieber Papa, hier sitzt deine tapfere Tochter und weiß sich nicht mehr zu helfen. Schöne Tapferkeit das! Ursula seufzt; der Seufzer scheint klaftertief heraufzusteigen.

Der fremde Mann bleibt unerbittlich und schüttelt den Kopf.

»Wen suchen Sie denn«, fleht Ursula ihn an; »hat es mit Herrn von Reuchlin irgend etwas zu tun? Ich schwöre, daß ich den Herrn erst seit vier Tagen kenne. Nein, seit fünf oder sechs, aber das spielt ja keine Rolle. Ich habe niemals in meinem Leben auch nur das geringste mit ihm zu tun gehabt; er ist eine oberflächliche Sommerbekanntschaft wie es tausende gibt; verstehen Sie doch bitte.«

Der Detektiv hebt bedauernd seine breiten Schultern: »Es ist meine Pflicht, Mademoiselle, nichts als meine Pflicht. Ich bedaure.«

Endlich, denkt das Mädchen, endlich ein menschlicher Zug; er bedauert; das ist schon etwas. Sie setzt sich auf dieses schmale hölzerne Stühlchen, es ist wie ein schmaler Steg der Hoffnung, und geht zu einem neuen Angriff über.

»Ist denn Reuchlin verdächtig, hat er sich irgend etwas zuschulden kommen lassen? Wird er denn schon lange gesucht?«

»Berufsgeheimnis, Mademoiselle, ich kann nichts sagen, unmöglich.«

»Aber was Sie von m i r wünschen, können Sie mir doch sagen! Ist das nicht das mindeste, was ich verlangen kann? Jeder Angeklagte hat das Recht auf Verteidigung, aber zuvor muß er wissen, warum er angeklagt ist, nicht wahr?«

Ursula versucht schon ein Lächeln, aber als sie sieht, wie finster der Detektiv seine Brauen hochzieht, versteckt sie es rasch wieder. Die dumpfe Luft in diesem stickigen Raum bedrückt das Mädchen auf eine beklemmende Weise. Es ist ihr übel geworden.

»Kann man nicht etwa das Fenster öffnen?« bittet sie sanft wehklagend.

Der Mann bleibt unerschütterlich wie ein Fels: »Flucht«, sagt er einsilbig; »impossible«.

»Wie lange wollen Sie mich denn hier festhalten? Werde ich eigentlich von einem andern Beamten verhört? Es ist doch bald Mitternacht; ich muß heim, ich werde erwartet.«

Ursula muß wieder an Peter denken, der oben sitzt, von nichts eine Ahnung hat und wartet. Das raubt ihr alle Beherrschung, zwei dicke Tränen rollen ihr über die Wangen; es ist, als sähe sie im dichten Nebel nicht mehr die Hand vor den Augen. Alles scheint auf eine endlose Zeit düster und unentwirrbar sich vor ihr aufzutürmen. Eine bange, dunkle, angstvolle Nacht wird kommen und dann, und dann? Man kann doch gar nicht weiter sehen; was dann drohen mag, heißt vielleicht Gericht, Verhandlung, Verantwortung. Peter, Peter, wo bist du denn? Hilfst du mir nicht? Peter, mir ist, als sei plötzlich die ganze Welt von mir abgeschnitten, Peter, ich habe solche Angst.

Denkt das Mädchen diese Worte nur, oder denkt sie laut; sie weiß es nicht; es ist ihr auch einerlei; sie will gar nicht mehr die Heldin spielen, sie will nichts mehr sein als ein armes, schwaches Ding, das Angst hat, schreckliche Angst.

Vielleicht sind diese Tränen der Grund, warum der bisher so verschlossene Mann nun einen unverständlich raschen Wortschwall auf das Mädchen niederprasseln läßt. Französisch, Italienisch, Deutsch, alles durcheinander und von heftigen Gesten begleitet.

Ursula klammert sich an jedes erhaschte Wort wie an einen Strick, der sie aus dem Brunnen ziehen könnte. Verdunkelungsgefahr hört sie und Vorsichtsmaßregel und Geduld haben und ähnliche schmächtige und doch so mächtige Worte. Daran soll man sich nun halten, es ist abscheulich.

Wie lange geht das noch, zum Donnerwetter? Solch eine Nacht kann tausend Stunden haben; und morgen, was ist morgen? Hat sie nicht schwimmen wollen und rudern und tanzen und weiß Gott was noch alles? Und das soll plötzlich aus sein, wegen eines kleinen, lächerlichen Scherzes, wegen eines Mißverständnisses? Natürlich, es ist ein Mißverständnis, wie kann sie sich nur plötzlich so sehr aufgeben, so sehr sich selbst verlieren, als sei sie eine Null, ein winziges, hilfloses Gebilde, das sich nicht zu helfen weiß. Das muß anders werden; ihr Wille erwacht wieder.

Ursula seufzt noch einmal tief auf; aber dieses Mal ist es ein kräftiger, mutmachender Ton, beinahe ein Schlachtruf. Sie setzt sich mit Mut in ihren Holzstuhl zurück und schlägt die Beine übereinander, eine überlegene Geste. Fast hätte sie um eine Zigarette gebeten.

»Ich werde Ihnen einen Vorschlag machen, mein Herr«, wendet sie sich in einem ganz veränderten Ton an den Detektiv. »Rufen sie möglichst sofort diese Adresse an. Der Herr ist Rechtsanwalt, ich kenne ihn sehr gut; er weiß viel besser Bescheid um all diese schwierigen juristischen Dinge; er wird mir sicher helfen und mich ausweisen können. Es muß mir doch erlaubt sein, eine Art Verteidiger zu haben, nicht wahr?«

Dieser letzte Satz ist schon von einem weiblich-verführerischen Augenaufschlag begleitet.

Der Detektiv zuckt die Achseln, allerdings nicht mehr ganz so hoch wie das erste Mal.

»Ich weiß nicht, Mademoiselle.«

»Aber natürlich, warum denn nicht, das ist doch ein ganz klarer Fall«, feuert ihn Ursula an. »Ich kann meine Bitte verantworten, und Sie können Ihr Tun verantworten.«

Nur jetzt nicht locker lassen, nur nicht ein Jota nachgeben! Man muß das Eisen schmieden ..., in

Ursula brennt eine kräftige Flamme des Muts. Nur nicht daran denken, daß alles schief gehen könnte, Gedanken haben Macht. Sie will die Kraft ihres Jas auf diesen Mann übertragen, auf diesen felsenfesten Turm; er muß gehen; Papa, ich bin wieder deine echte Tochter.

Der Detektiv scheint lange mit sich zu Rate zu gehen. Er schweigt, ein entscheidungsschweres Schweigen; lange schüttelt er den Kopf. Endlich sagt er: »Gut, ich werde an diesen Herren telephonieren, aber ich muß Sie während dieser Zeit hier einschließen. Wenn sie ausbrechen würden, würde ich meine Stellung verlieren. Wissen Sie, meine arme Frau, meine Kinder, es wäre schrecklich! Der Ruin der Familie, verstehen Sie!«

Ursula frohlockt, setzt ihr verständnisvollstes Gesicht auf und nickt bestätigend: »Natürlich verstehe ich; Sie haben gar nichts zu befürchten, gar nichts; nur muß ich wissen, daß Sie innerhalb einer Stunde zurückkommen; nicht daß ich eine Nacht ohne Schlaf hier verbringen muß; das wäre eine bittere Strafe für ein harmloses, junges Mädchen.«

Wiederum streift dieser letzte Blick den Rand der Koketterie.

»Schön«, sagt der Turm und erhebt sich; »es wird gehn. Sie haben Ihr Wort gegeben, Mademoiselle. In einer Stunde bin ich spätestens zurück.«

Er macht zwei wuchtige Schritte zur Türe, schließt auf, schließt von außen wieder ab; Ursula ist allein.

Ist sie wirklich allein? Sie schaut sich um in dem kleinen Loch; Nachtfalter und Fliegen tanzen um die

Lampe; das ist nicht die richtige Gesellschaft für sie.

Wozu wird dieses viereckige Etwas, das nicht den Namen Raum verdient, sonst benutzt, und was wird Peter sagen, wenn er plötzlich diese fremde Stimme am Telephon hört; wird er erschrecken, sich aufregen, wird er sagen, ich gönne es dieser frechen Kröte, oder wird er Mitleid haben? Warum hat sie mir nicht gefolgt; einerlei, was er sagen wird; nein, gar nicht einerlei, was er sagen wird; sehr wesentlich für ihre Freundschaft, was er sagen wird.

In Ursula toben die widersprechendsten Fragen, sie ist bis zum Platzen gefüllt mit Problemen, die sie anknabbert und doch nicht zu Ende denken kann, weil die Ruhe fehlt.

Reuchlin fällt ihr ein. Was für ein Geheimnis schwebt um diesen Mann? Oder schwebt gar kein Geheimnis um ihn; ist er nichts als ein gewöhnlicher Gauner? Aber auch dann ist er geheimnisvoll für das Mädchen Ursula, das nichts anderes kennt als Männer, die in gerader Linie leben, wie Peter, wie der Vater, wie der Schwager. Bürger, welche die schiefe Ebene fürchten und einen verachtungsvollen Bogen um sie machen. Einmal sollte man doch einen Sprung auf dieses geneigte Brett wagen, einmal nur; oder sollte man nicht? Ursula spürt, wie sie mit allen diesen Fragen heute nicht mehr zu Ende kommt; sie schiebt sie weg, wiederum drängen sie sich ihr auf, wiederum werden sie angenagt, als zu schwer erkannt, fortgeschoben. Heute nicht, morgen dann.

Sie ist zu müde heute. Oder ist gar schon morgen? Fünf Minuten nach zwölf Uhr; also es ist schon morgen, nein, es ist doch wieder schon heute; es gibt immer nur ein Heute im Erleben. Morgen gibt es nur im Denken.

Und dieses Heute will gar nicht vorübergehen; wie lange ist sie denn schon allein in diesem trüben Gelaß? Zehn Minuten erst? Ist das möglich?

Der Turm hat Frau und Kinder, also auch der Turm hat eine verwundbare Stelle. Natürlich, jeder Mensch hat eine Stelle, wo er sterblich ist; eigentlich weiß man das längst, es sind Binsenwahrheiten, nur vergißt man sie immer wieder und erstaunt, wenn sie plötzlich vor die Seele treten. Was für eine Frau hat denn dieser rote Turm? Man hätte ihn fragen sollen; Ursula ist mittendrin in der Familie dieses fremden Mannes; dann schnellen ihre Gedanken zu Peter zurück – ist er noch am Telephon? –, zu Papa – was tut er eben jetzt? –, wenn er wüßte ... und was treibt Maria in ihrem drollig gepflegten Haushalt? Sie würde lachen, sie auslachen, das hast du davon, molly sister, und Erik würde hämisch grinsen. Pfui, es ist abscheulich. Dr. Habis würde sagen, meine widrigen Ströme habe gefehlt, Fräulein Bärin. Weiter wandern die Gedanken, immer weiter, wohin gelangen sie nicht in diesen einsamen Minuten, die sich dehnen, als wären sie Tage, Ewigkeiten. Sie sind überall und nirgends; sie können keinen festen Grund fassen, weil Warten die abscheuliche Strafe ist für die stetige Klarheit, weil Warten alle Gesetze der Logik über den Haufen wirft und den Kopf zu einem schwirrenden Bienenkorb macht.

Furcht und Hoffnung, Trauer und Freude, Wut und Ohnmacht, Bosheit und Güte wirbeln hier durcheinander, vermengen sich, lösen sich und gehen neue Verbindungen ein. Man ist der Unruhe blindlings ausgesetzt und preisgegeben. Es hat keinen Sinn, sich dagegen zu wehren; Ursula spürt das so deutlich wie nie.

Plötzlich scheint alle Sicherheit wiederum von ihr gewichen; bange Zweifel, ob der Detektiv Wort hält, ob Peter imstande sein wird, zu helfen, ob überhaupt Freiheit in jedem Sinn wieder für sie in Frage kommt, steigen in dem Mädchen auf. Gibt es ein abscheulicheres Gefühl, als wehrlos eingeschlossen zu sein in vier kahlen, herzlosen Mauern, die die Umwelt nur drohend und dunkel ahnen lassen. Begreift man nicht erst hier auf eine bedrückende Weise, wie ohnmächtig diese paar Quadratmeter Mensch, der man selbst ist, sein können?

Ursula erfaßt allmählich den Begriff »gefangen«; sie erlebt ihn mit allen Fasern ihres Wesens, das sich dagegen bäumt. Es ist mit einem Schlag alles dunkel und hoffnungslos in ihr. Nie glaubt sie, wird sie wieder froh sein, frei werden und ihrem Willen leben können wie bisher.

Was ist wohl das Wichtigste im Leben? Ist es wichtig, seinem Willen gemäß leben zu können?

Wahrlich, das Mädchen Ursula sieht dringende Fragen auftauchen, die ihr bisher noch niemals so sehr auf der Seele brannten. Trotzdem behindert eine lähmende Unruhe diese erste ernste Lösung. Ursula wartet weiter. Wie lange wartet sie eigentlich schon? Gilt die Uhr noch, die immer wieder fast dieselbe Stunde zeigt, oder ist es schon übermorgen, nächstes Jahr?

Jedenfalls glaubt Ursula, eine Ewigkeit durchwatet

und durchwandert zu haben, als sie draußen Schritte und Laute hört, die zu ihr gehören. Kommen sie, kommen sie wirklich; und wer kommt?

Ursula springt auf, endlich; weg ist dieser Druck, weg ist die Bangnis, weggewaschen ist das ganze schwarze Jammergebilde der Verzweiflung, weggewaschen durch das Öffnen der kleinen Türe.

Peter ist da und schon wieder Helle und Hoffnung! Was für ein dehnbarer Behälter ist doch diese armselig kleine Seele.

»Peter«, sagt das Mädchen leise innig, »Peter, was machen wir mit dieser dummen Geschichte?«

So hat sie den Mann schon lange nicht mehr angeschaut; selbst der rote, undurchdringliche Turm daneben erfaßt den Blick in seiner ganzen Wärme und wendet sich naseputzend zur Seite.

Peter ist sehr beherrscht; scheinbar hat ihn sein Beruf für alle Lebenslagen tauglich gemacht.

»Es ist beinahe schon erledigt, Ursula; wir haben uns lange zusammen unterhalten, Signor Ravezzi und ich, du brauchst nur noch einen Revers zu unterzeichnen und eidesstattlich zu erklären, daß du in keiner Weise an den Unternehmungen Reuchlins finanziell beteiligt bist und ihn erst vor fünf Tagen kennengelernt hast. Deinen Paß habe ich schon gezeigt; deshalb hat es diese kleine Verzögerung gegeben.«

Peter vermeidet jedes persönliche Wort; seine Stimme ist heimelig warm. Ursula kramt eine Feder aus der Tasche; sie wäre bereit, unter das verwegenste Formular ihre Unterschrift zu setzen.

»Danke, Peter«, sagt sie schlicht.

»Ist das alles?« wendet sie sich an den Detektiv. Sie glaubt, diese plötzliche Freiheit noch durch eine besondere Tat verdienen zu müssen.

»Das ist alles«, bestätigt der Turm; »die übrigen Formalitäten hat der Herr Doktor bereits erledigt; wir werden eine andere Spur verfolgen müssen.«

Peter nickt dem Detektiv vertraulich zu; was ist das für ein seltsames Nicken, fährt es Ursula geschwind durch den Kopf. Aber sie hat dann wieder keine Zeit, diesen kleinlichen Bewegungen nachzugehen, es wird schon alles seinen Grund haben. Hauptsache ist, man ist frei, ledig, selig, erlöst und voll guter Vorsätze für die kommenden Tage. Reuchlins gibt es keine mehr. Sie reicht dem Turm voller Herzlichkeit die Hand:

»Gute Nacht, Monsieur.«

Es hätte nicht viel gefehlt, und sie hätte danke schön und auf Wiedersehen gesagt, wie es ihre Gewohnheit ist. Der Detektiv verbeugt sich höflich und rasch; nicht einmal die Türe wagt er zu schließen; er ist im Privatleben Kavalier.

»So, Peter«, sagt Ursula mit einem weichen Lächeln, »endlich allein.« Es liegt viel Dankbarkeit in diesem leichten Spott, der sich auf sie selbst bezieht.

»Ich habe das Auto und alle unsere Sachen vor der Türe; wir reisen ab; sofort. Im Hotel ist alles erledigt; ich möchte nicht, daß du diesem Menschen noch einmal begegnen mußt.«

Peters Entschluß ist felsenfest. Er bittet nicht, er ordnet an, das macht Eindruck.

»Wenn du meinst, Peter«, sagt das Mädchen gefügig; sie ist mit allem einverstanden, sie wäre in dieser Stimmung überallhin wie ein Hündchen hinter Peter drein gelaufen.

»Es war eine dumme Sache, Peter; ich erkläre dir später alles haarscharf. Nur jetzt möchte ich ein bißchen schweigen.«

Das sagt sie schon draußen vor der Türe, während sie so selbstverständlich, als wäre es von langer Hand vorbereitet gewesen, in den Silbergrauen steigt.

»Du brauchst gar nichts zu erklären, Ursula, ich weiß alles; ich weiß sogar noch viel mehr.«

Peter ist noch immer todernst. Er setzt sich ans Steuer. Sie fahren, wohin wohl, irgendwohin, Ursula fragt nicht; Peter wird es schon wissen. Peter ist doch solch ein prachtvoller Kerl.

»Du ergreifst mit starker Hand das Reichsfluchtsteuer, Peter«, sagt Ursula nach langer Zeit ein wenig im alten Ton. Sie kann nicht anders.

»Nein«, antwortet der Mann, immer noch nicht gelockert – was hat er denn nur –, »so weit geht's nicht. Wir fahren ins Maggiatal und bleiben dort noch ein paar Tage allein, ganz für uns in einem kleinen Gasthof. Ich glaube, wir haben mehr voneinander, wenn wir ohne störende Dritte sind.«

»Du hast ganz recht, Peter.«

Ursula wundert sich ein wenig über seine Entschlossenheit und ihr Gefügigsein. Aber sie ist so müde; sie mag nicht einmal das mehr sagen.

»Mir scheint, daß wir soeben einiges überstanden haben«, sinnt der Mann. »Wir müssen nun ganz neu mit festen Schritten und mit einem klaren Blick weitermarschieren, wenn wir vorwärts wollen.«

»Du hast recht, Peter«, sagt Ursula wie ein gläubiges Kind. »Du hast recht.«

Und später sagt sie nur noch: »Ich habe dich sehr lieb, Peter.«

Die Lügekur

Man muß nur still ein paar Schritte zur Seite treten und das Wesen der Abgeschlossenheit erfahren, und schon hat die Welt ein ganz anderes Gesicht. Hier oben in dem kleinen versteckten Gasthof im Maggiatal schaut diese ganz andere Welt plötzlich zum Fenster herein und macht, daß die alte, vergangene ganz ohne Predigt einem nichtswürdig und sinnlos erscheint.

Was war denn gestern alles los? Kann es sein, daß man dieser Welt der Aufregung und des Betriebs glücklich entronnen ist? Kann es wirklich sein? Und findet diese immer noch statt, trotzdem und ohne uns? War das alles wirklich, der Zauberer, die Taverna, der Detektiv und die Rettung durch Peter, oder war es nichts als ein bunter Traum? Was war es denn?

Ursula reibt sich morgens beim Aufstehen die Augen, kneift sich in den Arm; wo bin ich denn? Bin ich hier, oder bin ich noch dort? Das Zimmer ist verändert; es hat einen Steinboden, ein eisernes Bett, einen tannenen Schrank und eine ganz andere Luft, die zum Fenster hereinströmt. Sie sucht nach der Klingel, es gibt keine Klingel; es gibt wohl überhaupt nichts mehr von dem, was es bisher gab. Gibt es auch keinen Peter mehr?

Wiederum ziehen die Bilder von gestern vorbei an Ursulas Augen; sie schämt sich; doch, Peter gibt es noch; er wird drüben sein in seinem Zimmer und sich ähnlich besinnen wie sie.

Es war doch eine tolle Sache gewesen, eine wirklich viel zu tolle Sache; sie kam daher wie ein Unwetter in den Tropen, heftig und ohne Ankündigung, und war plötzlich wieder verschwunden, aufgelöst, weggeblasen. In der Tat, eine zu tolle Sache.

Ursula fühlt sich verwandelt durch die neue Umgebung, hineingedrängt in eine ganz andere, erhabenere Stellung gegenüber dem gestrigen Abend. Es gibt Tagesgedanken und Nachtgedanken; meist kann man bei Tag kaum mehr verstehen, daß es Nachtgedanken gegeben hat. So sieht auch Ursula mit einem Mal Peter und sich und die ganze gestrige Tragödie in einem neuen Licht, und das ist gut so.

Man muß bisweilen Abstand von sich selber haben.

Daher mag es wohl auch kommen, daß urplötzlich und ohne großes Besinnen ein grimmiger Verdacht in Ursula hochsteigt, ein Verdacht, dessen Ursache sie sich keineswegs zu erklären vermag. Er ist ganz einfach da und macht sich breit; vielleicht ist es immer so, daß ein neues Bild von außen auch ein neues Bild von innen bedingt. Mag sein! Vielleicht ist aber auch nur eine Einsicht reif geworden, die lange verschüttet war unter den Trümmern eines längst als falsch erkannten Betriebs. Vielleicht! Ursula weiß es nicht genau, will es auch nicht wissen. Sie ist kein Mensch, der diesen Regungen nachgeht bis in ihre tiefsten Quellen. Hauptsache ist, daß solch ein Verdacht da ist, und daß man ihm zu Leibe rückt, so gut es geht.

Mit Offenheit wird es am besten gehen, denkt das Mädchen und klopft entschlossen an Peters Türe:

»Guten Morgen, Lieber, hast du gut geschlafen?«

Er bekommt einen Kuß auf die noch unrasierte Wange. Das ist sehr bedenklich.

»Wie hast du geschlafen, arme Kleine?« fragt Peter zurück. Er beschäftigt sich mit dem Binden seiner Schuhnestel. Eigentlich läßt er sich nicht gerne während dieser morgendlichen Zeremonie stören.

»Ich habe wundervoll geschlafen, Peter, wirklich wundervoll, aber dann habe ich einen seltsamen Wachtraum gehabt; ich werde dir davon erzählen.«

Sie setzt sich nachdrücklich auf den kleinen Tisch und schiebt heftig allerlei Krimskrams beiseite.

»Nun also, ich habe plötzlich wachgeträumt, daß du mit diesem Detektiv in ganz bestimmtem Zusammenhang stehen mußt. Mir kommt diese ganze Geschichte auf einmal so seltsam vor. Sie kann doch gar nicht mit rechten Dingen zugegangen sein. Ich weiß nicht wieso, ich weiß auch nicht wer, ich ahne nur, daß ... Aber diese Ahnung genügt mir nicht. Und da ich glaube, in der glücklichen Lage zu sein, daß wir uns Wahrheit in jeder Form leisten können, wollte ich gerne mit dir darüber reden.«

Sie baumelt mit den Füßen im Takt gegen den Tisch und schaut dem Manne voll in die Augen.

Peter macht ein Gesicht, als begreife er zum ersten Mal in seinem Leben die ewige Unbegreiflichkeit der Frau. »Du hast recht, Ursula«, sagt er knapp. »Ich habe die Sache angezettelt. Woher weißt du plötzlich ...?«

»Nun so ... Frauen sind eben so ...«, sagt das Mädchen ernst. Dann schweigt sie lange und nickt ein paarmal mit dem Kopf.

»Ein heller Morgen ist eine ganz andere Sache als solch eine dunkle Nacht, Peter.«

»Ich stehe vor einem Rätsel«, meint dieser unbeholfen.

»Hättest du nicht eigentlich diesen Satz mir überlassen müssen?« fragt Ursula sanft.

Es ist gar keine Schroffheit in ihr; sie versteht, sie versteht sogar bis ins letzte. Nur liegt eine unbeugsame Entschlossenheit über ihr, nicht locker zu lassen und alles zu klären, was bisher unbesprochen zwischen ihnen lag. Sie fühlt sie keineswegs schuldlos; außerdem sieht sie ein, daß ihre Art, mit Reuchlin zu paktieren, Peter wohl erst in diese Handlungsweise hineingetrieben haben muß, sie weiß aber auch, daß trotz des Kartenzaubers ihr Spiel gegen Peter offen war, er aber trotz seiner scheinbaren Offenheit mit verdeckten Karten gearbeitet hat, und das ist, was sie bedenklich stimmt.

»Wieso hätte ich diese Frage dir überlassen müssen, Ursula?«

Der Mann spürt, wie nötig jetzt diese Aussprache ist; er will sie rasch erledigen.

»Weil ich doch die Genasführte war, Peter! Vielleicht ist es am klügsten, wenn du mir den Hergang genau schilderst. Kam dir eigentlich diese Idee plötzlich, oder war es nur die logische Folge eines langen Rachefeldzugplanes?«

Ursula spricht genau abgezirkelt wie ein Arzt. Ihr Blick ist kühl prüfend.

»Was bezweckst du mit dieser Frage, Ursula?« Peter fühlt sich in ein unbequemes Verhör gespannt!

»Bezwecken? Gar nichts! Sie beschäftigt mich, und alles, was mich beschäftigt, ist wert, besprochen zu werden. Glaube ja nicht, ich sei böse geworden, Peter, als ich plötzlich den Zusammenhang erkannte; ich bin nur erschrocken.«

Ursula wirft einen langen eindringlichen Blick durchs Fenster, als wolle sie sich Kraft holen aus dem Bilde, das sich hier draußen weitet.

Peter kennt diesen Blick, der so einfältig tut, als stoße er ein Loch in die Luft, und doch nichts anderes ist als das große Atemholen der Besinnung.

»Ich hoffe, Ursula, daß Angst und Bösesein Worte sind, die in unserer Freundschaft keine Wurzel fassen können.«

»Peter«, sagt Ursula ernst, »Peter, was redest du da; du sagst ja nur Worte. Du läßt dich ja gar nicht fassen. Ich will etwas anderes, wesentlicheres. Ich will Aussprache. Weißt du, was das heißt? Das heißt, Maske fallen lassen, alles aussprechen, damit es aus ist oder damit man aus ist, aus im Sinne von erlöst. Verstehst du das?«

»Ich verstehe«, sagt Peter knapp. Er ist nun zu Ende mit seiner morgendlichen Zeremonie und setzt sich etwas widerwillig auf den Rand des ungeordneten Bettes.

»Also wozu die Lügekur, Peter, hätte die Wahrheit uns nicht den gleichen Dienst getan? Ich habe bisher mit der Wahrheit immer die besten Erfahrungen gemacht.«

»Warst du etwa immer ganz offen zu mir, Ulla? Hast du nicht auch mit dir und mir und deinen Wünschen gespielt? Mir kam eben plötzlich dieser Einfall, und ich mußte ihm folgen. Ich bin sonst nie so gewesen.«

»Also spontan, Peter, und nicht von lange Hand vorbereitet? Das ist gut, das lasse ich gelten.«

Ursula kann nur deshalb so gerecht sein, weil sie ganz plötzlich erkennt, wie sehr auch sie diesen jähen, unwiderstehlichen Regungen unterworfen ist, wie sie ganz einfach davon überrumpelt wird und dann in einer Sackgasse steht ohne Ausweg. Was war denn die Sache mit Reuchlin anderes gewesen als ein leichtfertiges Nachgeben diesem dunklen, jähen Zwang?

Tapfer bekennt sie deshalb: »Ich weiß, daß es nicht ganz einfach ist, mich gern zu haben, Peter. Es ist überhaupt gar nicht so einfach, sich gegenseitig gern zu haben. Aber wenn man den Willen zur Wahrheit hat, hat man schon viel. Doch jetzt mußt du der Reihe nach erzählen und erklären, Peter; sonst platze ich. Ich erzähle nachher auch.«

»Die Sache ist viel einfacher, als sie scheint«, sagt Peter rasch, um loszukommen. »Eigentlich hast du selbst durch die Saaltochter Hilda den Weg gewiesen. Damals, als ich ihre Erbschaftsangelegenheit ordnete, hat mir ihr Freund, der Koch Paolo, seine Dankbarkeit in jeder Form angeboten. Allerdings dachte er eher an ein Souper à deux oder an die Preisgabe eines seiner dreißig Omelettenrezepte als an die Gefangennahme einer jungen Dame. Er wollte anfangs gar nicht gerne Detektiv spielen; er sei zu ritterlich, meinte er. Als ich ihm aber dann mit aller Rachsucht den genauen Vorgang schilderte, erwachte sein Kampfgeist, und er versprach, Mann zu Mann, auf diese radikale Weise zu helfen. Die Marke unter seinem Rockkragen war nichts anderes als das Abzeichen des französischen

Hotelierverbandes und seine große Strenge nichts als die mangelhafte Kenntnis der deutschen Sprache. So, das wäre alles.«

Peter atmet erleichtert auf und schaut Ursula etwas verlegen hinter seiner Brille an.

»Oh, ich Schaf, ich dummes Schaf«, ruft Ursula entgeistert und greift sich an die Stirn. »Wie konnte ich nur! Stand ich denn so sehr unter dem Einfluß der fremden Umgebung, daß ich mich selbst und alle meine Zweifel abgegeben habe? Ich verstehe mich nicht mehr.«

Nach einer kurzen Pause, die Peter mit keiner Antwort füllt, fragt sie knapp: »Weiß eigentlich Reuchlin von dieser Sache? Du hast ihn doch unmöglich mit hineinreiten können?«

»Reuchlin geht mich gar nichts an«, meint Peter etwas von oben herab. »Reuchlin hat natürlich keine Ahnung.«

»So? Er geht dich gar nichts an? Seit wann denn diese Großzügigkeit? Ich würde es für viel richtiger halten, wenn du zugeben könntest, daß du eifersüchtig warst. Wir beginnen doch mit dem zweiten Abschnitt unserer Freundschaft: Offenheit um jeden Preis. Der Ausverkauf der Kleinlichkeit ist bereits großzügig durchgeführt worden, nicht wahr?«

Ursula betrachtet den Mann mit lächelnden Grimassen.

Das mag Peter nicht. »Freche Kröte«, sagt er und schwingt sich neben diese Kröte auf den Tisch. »Sofort stille sein, Kuß geben.« Er beugt dabei ihren Kopf zu sich herab.

»Ich denke nicht daran, so lasse ich mich nicht kaufen.«
Ursula schüttelt ihn ab wie eine Fliege.

»Wenn du willst, genehmige ich eine Kulissenänderung und eine vorherige Stärkung durch Frühstück. Du wirst alle deine Kräfte brauchen, Peter. Aber mehr kann ich jetzt nicht für dich tun.«

»Mädchen, Mädchen, was bist du für eine wissende Frau.«

Peter zieht diese wissende Frau vom Tisch herab, durchs ganze Zimmer und hinunter in den kleinen Garten, in dem sie ganz allein ihr Frühstück einnehmen. Die schwarzhaarige, füllige Padrona bedient sie in höchsteigener Person.

Später schlagen sie ohne große Überlegung einen felsigen Fußpfad ein, der vom Hause aus diktatorisch auf den Berg führt. Ursula geht einen Schritt voraus; ihr Gang ist breit, bestimmt und wuchtig; Peter freut sich darüber. Er weiß, daß er sich in manchem ändern muß, um Schritt zu halten; der Gang ist mehr als eine äußere Form. An einer Wegbiegung bleibt Ursula stehen, deutet hinaus in die blaue Weite: »Ist es nicht herrlich, Peter?«

In der Nacht hat ein starker Wind das Land gepflügt, das nun in morgendlicher Sauberkeit daliegt; grüne Berge mit scharfen, schwarzen Schatten, dahinter ihre grauen, schön gezackten, größeren Brüder, ein breites Tal mit wenig Menschen und wenig Häusern, eine stille Abgeschiedenheit.

»Solch ein neues Stückchen Land läßt mich wieder ganz neu denken, Peter. Es ist doch alles viel einfacher, findest du nicht auch?«

»Ja, Ursula, du hast recht; eine kleine Veränderung ist eine große Flasche Arznei.«

Er hascht nach ihrer Hand.

»Nun ist alles wieder beim alten, Ulla, nicht?«

Entrüstet schiebt Ulla seine Hand beiseite:

»So seid ihr feigen Männer, so seid ihr alle! Nur ja keine Aussprache, nur ja recht schnell wieder alles vergessen, gräßlich. Dagebliebn, Gerichtsverhandlung!«

Peter nickt ergeben. »Also gut.«

»Gibt der Herr Angeklagte zu, daß er eifersüchtig war, lächerlich eifersüchtig sogar? Und daß er seine Eifersucht mit den falschesten Mitteln bekämpft hat, die ein Mann je in seiner Unbeholfenheit finden konnte? Gibt der Herr Angeklagte ferner zu, daß er die Grundlagen der Freundschaft gröblichst mißverstanden hat? Gibt er zu, daß er ...«

»Hör' auf, Mädchen«, unterbricht Peter, er hält sich die Ohren zu. »Nicht so viel auf einmal. An einer Generalabsolution kann dir doch nichts gelegen sein. Ich gebe zu, daß ich eifersüchtig war; ich gebe ferner zu, daß ich mir eine tiefe Liebe nicht ohne Eifersucht denken kann. Eifersucht ist mehr als ›Leidenschaft, die mit Eifer sucht, was Leiden schafft‹. Eifersucht ist Bangen um den Besitz der Liebe. Ich gebe sogar ferner zu, daß diese Eifersucht bekämpft und überwunden werden muß; aber das geht nicht von jetzt auf nachher, das dauert eine Weile. Wirst du Geduld haben, Ursula?«

»Ich werde Geduld haben, Peter; ich weiß auch, daß man mit mir Geduld haben muß, aber das ist gar nicht das Wesentliche. Das Wesentliche ist das Fundament der Freundschaft. Wie steht es bei uns mit dem Fundament unserer Freundschaft? Ist es solide, kann es Erdstöße aushalten? Was denkst du darüber, Peter?«

»Wollen wir uns nicht setzen, Ulla? Wollen wir nicht hier auf diesem Stein den Vertrag von Bignasco schließen? Das soll aber dann ein dauernderer und gültigerer Pakt sein als die Verträge, die gemeinhin heutzutage geschlossen werden. Nicht wahr, Kind?«

»Mir ist's recht, Peter«, sagt Ursula und läßt sich nieder. »Also Paragraph 1?«

»Paragraph 1 darfst du aufsetzen, Ulla.«

»Stellt man das Wichtigste an den Anfang oder an den Schluß?«

»Das hängt vom Temperament des Vertragschließenden ab.«

»Dann also an den Anfang: Offenheit um jeden Preis.«

»So beginnt man doch keinen Vertrag, Kind!« Nun ist Peter in seinem Fahrwasser:

»Es muß heißen: § 1: Wir, Ursula Eisenlohr und Peter Mack, schließen heute am 10. Juli bei Bignasco im Maggiatal folgenden Vertrag, der die Richtlinien unserer Freundschaft grundlegend klarstellt: Wir fordern Offenheit um jeden Preis. Was weiter?«

»Jetzt darfst du etwas fordern, Peter.«

»Ich fordere Einsicht, Einsicht in jeden speziellen Fall, Einsicht in unsere eigene Natur.«

»Gut, Peter. § 2: Einsicht in unsere eigene Natur. Jetzt komme ich wieder dran.«

Ursula betrachtet prüfend die Bartstoppeln des Freundes.

Bignasco

»Ich fordere: Jeden Morgen rasieren um jeden Preis.«

»Oh«, sagt Peter bedauernd und bedeckt mit den Händen seine Wangen. »Du bist zu früh in mein Zimmer gekommen, Ursula; denke bitte an § 2: ›Einsicht‹. Ich hätte mich sonst bestimmt rasiert. Außerdem ist dieser Wunsch zu konkret.«

»Dann werde ich ihn philosophisch formulieren: Ich fordere Anpassung der äußeren Form an die ästhetischen Bedürfnisse des Partners. Ist das nicht schön gesagt?«

»Wunderschön. Genehmigt. § 3: Anpassung der äußeren Form«, schreibt Peter bedächtig. »Und ich fordere ... Ja, was fordere ich denn? Entwicklung, vielleicht, gut, Entwicklung. Ich fordere Entwicklung zum Menschlichen; Größerwerden als Ziel des

Zusammenlebens; Freundschaft als Mittel zum Übermenschen.«

Es ist ihm ernst damit.

»Sehr brav«, nickt Ursula, »§ 4: ein bißchen Nietzsche.«

»Böses, böses Mädchen«, Peter greift nach einer Strähne ihres Haares und zaust sie. Ursula verwirrt ihn jedesmal durch ihre raschen Übergänge. Er ist viel langsamer.

»Loslassen«, wehrt sie ab, »jetzt komme ich wieder an die Reihe. Ich weiß etwas besonders Gutes. Glaube ja nicht, mir wäre das alles nicht ernst. Bei mir steckt nur immer das Lachen so lose obenauf, um den Ernst etwas zu verdecken. Es ist bestimmt nur Selbstschutz, bestimmt. Also ich fordere, daß die Welt blau ist, auch wenn sie grau scheint, muß sie blau sein, du, hörst du! Das ist eine gewaltige Sache, Peter. Hast du sie verstanden?«

»§ 5: Die Welt ist blau. Das klingt nicht eben juristisch einwandfrei.«

»Gerade deshalb ist es die beste Stelle der Vertrages, Pet. Und du, was weißt du jetzt Besseres?«

»Und ich«, meint Peter, »ich fordere jetzt einen Kuß und Schluß. Nur keine so großen Verträge, Kind. Die großen Verträge haben den Nachteil, daß sie nie wieder durchgelesen und noch weniger durchgehalten werden. So können wir wenigstens unsere fünf Punkte an den Fingern herunterzählen. Gib einmal deine Hand.«

Er nimmt den Daumen und küßt ihn: »Das ist die Offenheit«, küßt den Zeigefinger, »das ist die Einsicht«, und küßt den Mittlern, »das ist die Ästhetik«, dann verläßt er die Reihe und küßt den kleinen Finger, »dieser da soll sich noch zum Übermenschen entwickelen, Ulla!« Dann küßt er die ganze Hand viele, viele Male. »Hier ist die Welt blau, Liebling, wundervoll blau, auch wenn sie schmutzig ist.«

»Bravo, Peter, lieber Kerl, nur schnell noch den Vertrag unterzeichnen, damit er Gültigkeit hat. Soll es mit Blut geschehen oder genügt Tinte?«

Wieder greift Peter nach Ursulas Hand und schreibt ganz rasch auf ihr braun gebranntes Fell mit seiner Feder: freche Kröte.

»So, das wäre erledigt für heute«, blinzelt er dabei.

Ursula betrachtet ergeben diese Tätowierung: »Wenn wir uns je einmal heiraten sollten, Peter, wird dieser Vertrag von Bignasco jeden Sonntag als Andacht vorgelesen werden, außerdem wird er vorne ins Kochbuch eingeschrieben als erstes, gültiges Rezept, das wenig kostet und gut schmeckt. Und wenn wir das alles wirklich befolgt haben, sind wir Engel und keine Menschen mehr.«

»Wenn wir uns nur bemühen, es einzuhalten, haben wir schon ein schönes Stück menschlicher Arbeit geleistet. Ist es nicht eine Gnade, Ursula, den Menschen zu finden, mit dem man sich um dieses Ziel bemühen kann? Suchen denn nicht alle Menschen im Grund genommen ihr Leben lang nur immer wieder diesen einen einzigen Menschen, mit dem sie dieses Ziel erreichen wollen? Und bloß weil dies schwer ist, fast unerfüllbar schwer, entstehen solche bitteren Dinge wie Streit, Haß, Neid, Eifersucht, Lüge, Bosheit, Rache und Schmerz. Es sind nichts anderes als gescheiterte Versuche, Ursula.«

Auf diese Rede hin bekommt Peter einen ernsten und herzlichen Kuß hier mitten unter Nuß- und Kastanienbäumen; es ist dem Mädchen einerlei, ob Leute kommen.

»Das hast du wunderschön gesagt, Pet, du bist doch ein guter Junge, Pet.«

»Ich bin noch nicht ganz zu Ende, Ursula. Wenn ich mir überlege, was übrigbleibt von den Dingen des Gestern und von den Menschen des Gestern, dann sehe ich Schemen, nichts als Schemen, und nur ein Mensch trägt festumrissene Züge, und das bist du. Alle andern waren da, sind wieder fort und sind schon vergessen; zähle sie auf! Gehen noch Ströme herüber und hinüber? Nein. Ich sage nicht, diese Menschen haben wenig Wert, ich sage nur, die Fäden, die von ihnen zu mir herüberlaufen, tragen nichts, haben keinen Wert und deshalb keinen Sinn. Jedoch der einzige große, von dir zu mir, hat einen Wert und hat einen Sinn. Deswegen wollen wir ihn pflegen mit Vertrag und ohne Vertrag, nicht wahr, Liebling?«

Der Mann Peter bekommt wiederum statt aller Antwort einen Kuß. Diesmal aber ist es kein Kuß, mit dem kleine Vögelchen ihre Schnäbelchen wetzen, es ist ein inniger, langer und treuer Kuß von einer Frau, die etwas verspricht.

Nach dieser Aussprache gehen sie Arm in Arm den Berg hinan.

Die Erde gleicht einer liebenswürdig grün und blau gekleideten Prinzessin, und das hoffnungsreiche Leben, von heiteren Aussichten sprudelnd und schäumend, schwebt wie ein ungebundener, schöner Tänzer, der weder Kummer noch Sorgen kennt, frei daher.

Ende

»Ein seelischer Zustand« – Victoria Wolff und Ascona

von Anke Heimberg

Als Victoria Wolff im Sommer 1933 das Angebot erhielt, ihren Ascona-Roman *Die Welt ist blau* ab dem 4. August in der renommierten »Neuen Zürcher Zeitung« als Vorabdruck zu veröffentlichen, war sie nicht nur »benommen ... vor Freude« über die schöne Publikationsmöglichkeit, sondern sie hatte nun auch ein kleines, etwas heikles Problem. Sie hatte ihren Roman nämlich gleichzeitig sowohl dem Feuilletonredakteur der »Neuen Zürcher Zeitung« Dr. Eduard Korrodi als auch dem Feuilletonredakteur der »Zürcher Illustrierten« und späteren Gründer des Artemis-Verlags Dr. Friedrich Witz offeriert, der ihr den Abdruck in seinem Wochenmagazin schon seit längerem zugesagt hatte. Wie sollte sie nun also der namhafteren »Neuen Zürcher Zeitung« den Vorzug geben, ohne Friedrich Witz vor den Kopf zu stoßen und damit eine künftige, für sie ebenfalls wichtige Publikationsplattform und Einnahmequelle zu verlieren? »[...] die N.Z.Z. ist doch eine sehr gute Chance, die man sich nicht entgehen lassen darf«, schrieb Wolff ihm daher entschuldigend. »[...] ich hoffe Sie [...] sind mir nicht böse. Das wäre sonst ein bitterer Tropfen in der sonst großen Freude.«[1] Witz trug die Absage offenbar mit Fassung, denn er gab der jungen Autorin auch weiterhin die Möglichkeit, für ›sein‹ Blatt zu schreiben. Und mehr als das: »Zur Schriftstellerin Victoria Wolf [...] bildete sich ein Band schönen Einvernehmens«, erinnerte er sich später recht salbungsvoll ihrer jahrelangen freundschaftlichen Verbundenheit.[2] – Eine amüsante Episode aus den Anfangszeiten einer 29 Jahre jungen, noch unerfahrenen Schriftstellerin? Zweifellos. Aber nicht nur. Denn die kleine Begebenheit zeigt zugleich vor allem eines: Victoria Wolff hatte sich bereits in kurzer Zeit einen Namen als vielversprechende und ernstzunehmende Nachwuchsautorin gemacht, deren Arbeiten bei Verlagen und beim Feuilleton mehr und mehr gefragt waren.

Im Frühjahr 1932 hatte Wolff mit *Eine Frau wie du und ich* ihr erstes Buch, eine Romanbiographie um die französische Schriftstellerin und frühe Frauenrechtlerin George Sand, im angesehenen Carl Reißner-Verlag (Dresden) veröffentlicht. Reißner war auf die beim damaligen Lesepublikum überaus beliebte biographische Literatur – Memoiren und (romanhafte) Biographien historischer und zeitgenössischer Prominenter aus Politik und Kultur – spezialisiert.[3] Die freie und unkonventionelle Lebensweise Sands im Frankreich des 19. Jahrhunderts hatte Victoria Wolff schon lange fasziniert.[4] Doch sah sie das Leben der emanzipierten Sand verzerrt, das heißt auf ihre – zweifellos zahlreichen – Liebesaffären reduziert, wiedergegeben. Sie begann sich daher selbst intensiv mit deren Leben und Werk auseinanderzusetzen, um ein komplexeres Bild der von ihr bewunderten Schriftstellerin und Frau zu gewinnen. Ihre gründliche Aufarbeitung der Schriften Sands einschließlich der historischen Quellen sollte sich lohnen. Die sorgfältig recherchierte, inhaltlich differenzierte Romanbiographie wurde ein Achtungserfolg und von der bürgerlichen bis zur linken Presse äußerst wohlwollend wahrgenommen. »Dieses Leben in seinen Zusammenhängen nahegebracht zu haben, ist der Wert des Buches von Viktoria Wolf [sic!]«, war beispielsweise in der Oktoberausgabe 1932 der sozialistischen Wiener Zeitschrift »Bildungsarbeit« zu lesen. Und Siegfried Jacoby hatte im renommierten »Berliner Tageblatt« vom 31. Juli 1932 die Fähigkeit der Autorin, »sich einzufühlen und den lyrischen Gehalt einer Persönlichkeit aus Geschriebenem tönen zu lassen«, als »ausserordentlich« gerühmt. 1935 wurde der Roman schließlich vom niederländischen Verlag C. A. Mees in Santpoort übernommen.

Wolffs fulminantes literarisches Debüt hatte noch ein anderer aufmerksam verfolgt: Dr. Curt Weller, seit 1930 Prokurist und Lektor bei der Deutschen Verlagsanstalt in Stuttgart, der schon Erich Kästner erfolgreich entdeckt und gefördert hatte.[5] Weller, den Wolff einmal als Paten ihrer Karriere bezeichnete, sollte ihren Nachfolgeroman *Das Mädchen Barbara*, der von ihren Erfahrungen und Erlebnissen als Studentin der Naturwissenschaften Anfang der 1920er an den Universitäten Heidelberg und München zeugt, im Mai 1932 als Fortsetzungsroman bei der »Kölnischen Zeitung« unterbringen. Da er seine Stelle bei der Deutschen Verlagsanstalt 1933 aus politischen Gründen verlor,[6] hatte er Wolffs Studentinnenroman zwar nicht mehr selbst zu verlegen vermocht. Er hatte ihn aber an den Wiener Paul Zsolnay Verlag vermitteln können, der ihn unter dem neuen Titel *Mädchen wohin?* im Frühjahr 1933 herausgebracht hatte. Curt Weller stellte später auch den Kontakt zu Friedrich Witz von der »Zürcher Illustrierten« her. Die Lebenswelten studierender Frauen, welche die akademische Variante der emanzipierten ›Neuen Frauen‹ der 1920er repräsentierten, waren in den letzten Jahren zum populären literarischen Stoff avanciert. Bekanntestes Beispiel hierfür ist bis heute der 1928 erschienene Bestseller *Stud. chem. Helene Willfüer* der Erfolgsautorin Vicki Baum. Der Roman um die ehrgeizige Chemiestudentin Helene Willfüer hatte bereits bis 1932 die damals legendäre Auflage von 105.000 Exemplaren erreicht. Mit der aktuellen Thematik von *Mädchen wohin?* hatte Wolff ihren Ruf als hoffnungsvolle Nachwuchsschriftstellerin weiter sichern können. In den 1930ern erschien das erfolgreiche Buch dann u. a. in französischer, niederländischer und polnischer Übersetzung. »Der Roman [...] bestätigt ein seltenes Talent«, hatte auch Walther Victor, Feuilletonchef des Berliner »8-Uhr-Abendblatts«, in seiner Kritik vom 16. März 1933 erkannt. »Er ist [...] unerhört gekonnt. Er hat Sätze, die man nicht so leicht vergißt. Formulierungen, die so großartig sind in ihrer Einfachheit, daß man sie immer wieder liest. [...] Und er hat ein eigenes Gesicht voller Versprechungen für die Zukunft.«

Zu dieser Zeit hatte Victoria Wolff, obwohl sie bei ihrer schriftstellerischen Arbeit von ihrem ersten Ehemann Dr. Alfred Wolf, einem ehrgeizigen Textilfabrikanten, und von ihrer Familie, der in Heilbronn angesehenen Unternehmerdynastie Victor, kaum Unterstützung oder Zuspruch erfuhr, vielmehr das Missfallen der ganzen Verwandtschaft auf sich zog, längst ein neues Buch fertig geschrieben. Sie bewies damit nicht nur Durchhaltevermögen, sondern vor allem auch ein enormes Arbeitstempo. Neben ihrer schriftstellerischen Arbeit schrieb Wolff schon seit einigen Jahren erfolgreich Reportagen und Reiseberichte für das Feuilleton der Heilbronner »Neckar-Zeitung«, ihrer Heimatzeitung, und auch der großen Blätter wie der »Frankfurter Zeitung« und der »Kölnischen Zeitung«. Nachdem sie von einer mehrwöchigen Reportagereise durch Russland zurückgekommen war, hatte sie den Angestelltenroman *Eine Frau hat Mut* verfasst.

Sie verarbeitete hier die Eindrücke, die sie 1932 einige Wochen inkognito als Verkäuferin in der Damenkonfektionsabteilung eines großen Kölner Warenhauses gesammelt hatte. Mit ihrem neuen Roman thematisierte Wolff nicht nur die vielschichtigen Probleme einer enorm angewachsenen Frauenberufsgruppe, sondern sie traf auch das ›neusachliche‹ Lebensgefühl am Ende der Weimarer Republik, das geprägt war vom Existenzkampf der Menschen, von Konkurrenz, Neid, Missgunst sowie dem Gefühl, hilflos an die gesellschaftlichen Verhältnisse ausgeliefert und völlig auf sich allein gestellt zu sein. Die Literaturkritik verglich den Roman *Eine Frau hat Mut*, der im Herbst 1933 wiederum von Zsolnay publiziert wurde und wenig später als Zeitungsnachdruck sowie in italienischer, niederländischer, polnischer und schwedischer Sprache erschien, mit Hans Falladas berühmten Angestelltenroman *Kleiner Mann, was nun?* von 1932. »[...] die Dichterin weiß viel Kluges und Überzeugendes zu sagen«, kommentierte die bedeutende Basler National-Zeitung anerkennend. »Jeder Satz ist ein Genuß. Ein gutes und ernstes Buch.«[7]

»Es war eigentlich ein ganz netter Anfang für eine junge Frau«, meinte Victoria Wolff später selbst zum erfolgreichen Start ihrer Schriftstellerkarriere. »Und ich fühlte mich sehr eingeordnet und zufrieden – bis der große Hinausschmiss kam.«[8] Nachdem die Nationalsozialisten im Januar 1933 die Macht übernommen hatten und anfingen, ihre antisemitische Haltung unverhohlen in die Tat umzusetzen, war ihr schnell klar, dass es im ›neuen‹ Deutschland für sie als jüdische Schriftstellerin bald keine Arbeits- und Lebensmöglichkeiten mehr geben würde. Sie hatte deshalb sofort damit begonnen, sich für ihre beiden Romane *Mädchen wohin?* und *Eine Frau hat Mut* außerhalb Reichsdeutschlands eine neue verlegerische Heimat zu suchen, die sie mit Unterstützung Wellers beim österreichischen Zsolnay Verlag erfreulicherweise auch rasch fand. Ihr Aufnahmegesuch in den Reichsverband Deutscher Schriftsteller (RDS), einem von den Nationalsozialisten geschaffenen berufsständischen Zwangsverband und direkte Vorläuferorganisation der im September/November 1933 errichteten Reichsschrifttumskammer (RSK), wurde aufgrund ihrer jüdischen Herkunft am 4. Januar 1934 prompt

abgelehnt. Zusätzlich erhielt ihre Kammerakte am
1. März 1934 wegen ›reichsfeindlicher‹ Äußerungen
in der Arbeiterpresse Österreichs einen Sperrvermerk.[9] Dies kam einem Berufsverbot gleich – an eine
weitere Publikationstätigkeit im Reich war damit
nicht mehr zu denken. Da Victoria Wolff nun zu den
in Deutschland ›unerwünschten‹ SchriftstellerInnen
gehörte, entschloss sich Paul Zsolnay dazu, ihren
neuen Roman *Die Welt ist blau* nicht mehr im Wiener
Haupthaus, sondern im 1930 in der Schweiz neu
gegründeten Ableger »Bibliothek zeitgenössischer
Werke« mit Standort Zürich zu verlegen. Mit dem
neuen Verlag hatte Zsolnay ursprünglich eine Billigbuchreihe lebender deutscher Klassiker in Massenauflage starten wollen.[10] Nach 1933 kam dem eher zufällig gewählten Standort des Verlags jedoch eine
unvorhergesehene Bedeutung zu: So bot er für in
Deutschland geächtete AutorInnen eine Möglichkeit,
dort ihre Romane weiter zu veröffentlichen. Mehrere
VerlagsautorInnen – darunter Victoria Wolff – verschwanden aus dem Programm des Zsolnay Verlags,
um in der »Bibliothek zeitgenössischer Werke« wieder aufzutauchen. Allerdings nur mehr mit neuen
Titeln. Und auch von Massenauflagen war mit dem
Wegfall des bedeutenden Absatzmarkts Deutschland
keine Rede mehr: Die AutorInnen mussten bescheidenere Auflagen und meist auch geringere Honorare
in Kauf nehmen, verdienten also kaum etwas an ihren
Büchern.

Wolff hielt sich im Frühjahr 1934 längst nicht mehr
in Deutschland auf. Angewidert von den politischen

und gesellschaftlichen Veränderungen, welche die Machtübernahme der Nationalsozialisten begleiteten, hatte sie ihre Geburts- und Heimatstadt Heilbronn am 1. April 1933 verlassen und war gemeinsam mit ihren Kindern, der sechsjährigen Ursula und dem vierjährigen Frank, nach Ascona im schweizerischen Tessin emigriert. Für diesen Tag hatte die Nationalsozialistische Deutsche Arbeiterpartei (NSDAP) zum Tag des allgemeinen ›Juden-Boykotts‹ aufgerufen, dessen gegen jüdische Geschäftsleute, Ärzte und Anwälte gerichtete »Programmpunkte« das parteinahe »Heilbronner Tagblatt« bereits am 29. März 1933 genüsslich und in aller Ausführlichkeit verkündet hatte. Alfred Wolf hatte sich trotzdem nicht gleich zur Emigration entschließen können. Er blieb zunächst in Heilbronn, um sich um seinen Betrieb, die »W. M. Wolf AG«, zu kümmern und um seine Familie zu unterstützen. Die Verbindung zu seiner Frau und seinen Kindern bestand fortan in einem monatlichen Wochenendbesuch in der Schweiz.[11]

Von den dramatischen Umwälzungen in Reichsdeutschland und der ersten großen Exilantenwelle in den Wochen zwischen dem Reichstagsbrand (27. Februar 1933) und der Bücherverbrennung (10. Mai 1933) ist im Roman *Die Welt ist blau* allerdings nur wenig zu merken. Jedenfalls auf den ersten oberflächlichen Blick. Das mag vor allem daran liegen, dass Victoria Wolffs ProtagonistInnen, die Agrarwissenschaftlerin Ursula Eisenlohr und der Rechtsanwalt Dr. Peter Mack, Anfang Juli 1933 nicht plötzlich und unerwartet ins ungewisse Exil gezwungen werden, sondern lediglich in die freudig ersehnte erste gemeinsame Sommerfrische fahren. »›Von Politik wird nicht geredet‹«, verkündet Ursula denn auch gleich zu Anfang ihrer zwei Wochen währenden Cabriolet-Ferienreise als oberste Maxime (S. 25). Die Zeichen der Zeit hat die Autorin dabei dennoch in das Romangeschehen einfließen lassen, zumeist in Form von kurzen, kritischen Anspielungen (»›Lassen wir das Tiefland, Peter, das Primitivland, wir wollen es vergessen.‹«, S. 34). Da Wolffs sommerleichter kleiner Roman vor Charme und Lebensfreude aber nur so funkelt, braucht es für die heutigen – vermutlich anders als für die zeitgenössischen – LeserInnen schon einiges an Aufmerksamkeit, um über diese subtil gesetzten Hinweise nicht hinwegzulesen.

Der einschneidende politische und soziale Wandel ist wohl am augenfälligsten gezeichnet, als das junge Liebespaar auf der Fahrt von seiner schwäbischen Heimatstadt »ins Blaue, irgendwohin«, denn »[d]ie Welt ist überall schön« (S. 5) auf Ursulas ehemalige Schulfreundin Mausi Öchsler trifft. Beim Studieren der Landkarte (»›Wohin fahren wir eigentlich, Peter?‹«, S. 8) fällt Ursulas Blick zufällig auf das rege badische Schwarzwald-Industriestädtchen Singen, wo Mausi, gut verheiratet mit einem Diplom-Ingenieur der ansässigen Schweizer Eisen- und Stahlwerke Georg Fischer, mittlerweile lebt. Aus einer spontanen Laune heraus und weil Singen schließlich am Fuße des weithin bekannten Hohentwiels mit einer der größten deutschen Festungsanlagen liegt, beschließen sie, das

»›Radiergummikind‹« (S. 9), von Ursula einst so benannt wegen Mausis eigentümlich kleinlichen Umgangs mit besagtem Schulutensil, zu besuchen. »›Hast du mich das Gruseln lehren wollen?‹« (S. 13), fragt Peter, als sie ihren Blitzbesuch bei Öchslers flugs wieder beendet und vor der »Niederung des unzulänglich Menschlichen« (S. 14) Zuflucht auf der gewaltigen mittelalterlichen Burgruine der schwäbischen Herzöge gefunden haben. Denn bei Öchslers ist die Welt nicht ganz so schön. Die erwachsene Mausi ist, was sie eigentlich immer schon war: eine kleinliche, sprich engstirnige und langweilige graue Maus. Die biedere Hausfrau und brave Mutter empfängt ihre Gäste in Küchenschürze und mit zum Knoten aufgesteckten Blondhaar in ihrem penibel aufgeräumten, von Suppenwürze durchdrungenen Heim – letzteres ist den 1887 in Singen gegründeten Fertigsuppen und Würze herstellenden schweizerischen Maggi-Werken geschuldet[12] – und hat offensichtlich nur Haushalt, Mann und Kind im Kopf. Das zutiefst reaktionäre Frauenbild der Nationalsozialisten, welche die Frau einzig auf ihre Rolle als Hausfrau und Mutter reduziert wissen wollten, verkörpert Mausi in Reinkultur und ist damit das genaue Gegenteil von Ursula Eisenlohr. Diese gehört noch der Welt und den Idealen einer eben erst zu Ende gegangenen Epoche an, den ›Goldenen‹ Zwanziger Jahren. Sie repräsentiert das Frauenideal der Weimarer Republik, den Typ der modernen, selbstbewussten ›Neuen Frau‹, die mit kniekurzem Rock und Bubikopf, Zigarette und Automobil, den Symbolen ihrer Emanzipation, frech und flott die Welt erobert – im Falle Ursulas auch 'mal mit einem kessen Ringelnatz-Gedicht auf den geschminkten Lippen (»›Wenn man das herzigst Näschen ...‹«, S. 9).[13] Nüchtern und sachlich geht sie, ein »aufgeklärte[s] Mädchen von 1933« (S. 103), ihren Weg. So ist auch ihre harmlose Fahrt »ins Blaue« weniger ziellos, als sie zunächst scheint. Denn Ursula hat diese Reise nicht nur zum Vergnügen angetreten: Sie soll »mehr sein als eine sommerliche Freude«, sie soll ihr »Einsicht bringen und Entscheidung« (S. 6), nämlich darüber, ob aus der lockeren, wenn auch ernsthaften Beziehung zu Peter Mack mehr werden kann, ob sie tatsächlich zu einer soliden, dauerhaften Partnerschaft, vielleicht sogar einer Ehe taugt.

In die Figur der Ursula Eisenlohr hat Victoria Wolff zugleich viel Autobiographisches eingeflochten. Während Ursula und ihre zwei Jahre ältere, in Berlin verheiratete Schwester Maria mutterlos bei ihrem Vater, dem Gutsbesitzer Martin Eisenlohr, aufgewachsen sind, musste Wolffs Mutter, die Fabrikantengattin Irma Victor, nachdem sie im Januar 1918 im Alter von 38 Jahren plötzlich Witwe geworden war, die 14-jährige Victoria und ihre zwei Jahre jüngere Schwester Maja allein großziehen. Trotzdem vermochte Wolffs früh verstorbener Vater Jakob Victor, ähnlich wie sein fiktionales Alter Ego Martin Eisenlohr, das Leben und die Einstellungen seiner beiden Töchter maßgeblich zu formen. In Ermangelung eines männlichen Stammhalters war vor allem die älteste Tochter Victoria Ziel seines Ehrgeizes: Sie sollte Abitur machen, studieren und später in die »Lederfabrik

Heilbronn, Gebrüder Victor« eintreten. Damit sie die Hochschulreife erlangen konnte, nahm er seine Tochter von der Höheren Mädchenschule (heute: Elly-Heuss-Knapp-Gymnasium) und schickte sie 1917 als eines der ersten Mädchen auf das Heilbronner Knaben-Realgymnasium (heute: Robert-Mayer-Gymnasium).[14] Da die Höhere Mathematik an Realgymnasien gerade in den oberen Klassen einen Schwerpunkt bildete, hatte Victoria Wolff, die in diesem Fach ohnehin schwächelte, ähnlich wie Ursula im Roman unter den Sticheleien ihres Mathematik-Lehrers Dr. Rudolf Diez, dem als damaligem Rektor der Besuch der wenigen Mädchen auf ›seiner‹ Bubenschule offenbar missfiel, zu leiden. So schloss Diez wohl jede seiner Stunden mit den Worten: »›[J]etzt hab ich's aber so gründlich erklärt, daß es sogar Victoria Victor verstanden haben muß.‹«[15] Auf Rat und Wunsch ihres Vaters und damit entgegen ihren eigenen literarischen Neigungen und Interessen begann Wolff 1922 in Vorbereitung auf das lederverarbeitende Familienunternehmen Naturwissenschaften zu studieren. Doch anders als ihre Romanheldin Ursula, welche die landwirtschaftliche Hochschule besucht und dann auf dem Geflügelgut ihres Vaters arbeitet, brach sie das ungeliebte Studium bereits nach dem dritten Semester ab und wandte sich ihrer eigentlichen Leidenschaft, dem Schreiben, zu. Die Lebenseinstellungen ihres Vaters aber blieben für Victoria Wolff und ihre Schwester Maja ebenso prägend wie für Ursula Eisenlohr und ihre Schwester Maria. Er ist »Richtung und Maß für seine Töchter. Er lebt in seinen eigenwilligen

Redewendungen in Kopf und Herz der Kinder mit; wo sie auch immer getrennt von ihm leben, zitieren sie ihn, ohne es ausdrücklich zu wollen« (S. 33). Und so zitierte auch Wolff die väterlichen Ratschläge und Lebensweisheiten Jakob Victors (»›Gib dich nie in kleinen Münzen aus!‹«) noch bis ins hohe Alter als Leitsätze für das eigene Leben in Briefen und Interviews.[16]

Ursula Eisenlohrs Lebensgefährten, den Rechtsanwalt Dr. Peter Mack, hat Victoria Wolff wiederum nach dem Vorbild ihres lebenslangen guten Freundes, des bekannten Heilbronner Rechtsanwalts Dr. Hugo Kern, gestaltet – zumindest was die Eckdaten seines Lebens angeht. Gemeinsam mit ihm und ihrem Ehemann Alfred unternahm Wolff in den 1920er-Jahren Auto-Spritztouren wie die erwähnte Reportagereise nach Russland. Hugo Kern kam sie dann von Heilbronn aus oft mit dem Auto im schweizerischen Ascona besuchen.[17] Ihm hat Wolff 1934 die Buchausgabe von *Die Welt ist blau* mit den Worten gewidmet: »Das silbergraue Cabriolet wurde in liebenswürdigster Weise von H. K. zur Verfügung gestellt.« Wie der Romanprotagonist Peter Mack war Hugo Kern als Autonarr und Vereinsmensch bekannt. Er war in Heilbronn u. a. jahrelang Vorsitzender der Ortsgruppe des »Allgemeinen Deutschen Automobil-Clubs (ADAC)« und engagierte sich im »Central-Verein deutscher Staatsbürger jüdischen Glaubens«. Der in Heilbronn aufgewachsene Kern hatte nach dem Abitur am Realgymnasium als Kriegsfreiwilliger am Ersten Weltkrieg teilgenommen und ebenso wie Peter

Mack, der im Roman gern von seinen Felderlebnissen erzählt (»Als ich an der Spitze meiner Batterie ...«, S. 27), als ausgezeichneter Offizier bei der Artillerie gedient. Mit Kriegsende studierte Kern Jura in Würzburg und Tübingen und ließ sich nach seiner Tätigkeit als Regierungsamtmann im Heilbronner Oberamt 1926 als promovierter Rechtsanwalt mit eigener Kanzlei in Heilbronn nieder. Hugo Kern konnte sich nach 1933 nur schwer zur Emigration entschließen und dürfte wohl die von Peter Mack im Roman geäußerte Meinung geteilt haben: »›Ich könnte mich nie verpflanzen [...]. Meine seelischen Grundkräfte gehören zu einem andern Land, stammen aus einem andern Land. Es könnte mir nichts Schlimmeres geschehen, als von dort vertrieben zu werden.‹« (S. 59) In der Reichspogromnacht am 9. November 1938 wurde seine Heilbronner Wohnung zerstört, er selbst ins KZ Dachau verschleppt. Im Januar 1939 gelang ihm schließlich über die Schweiz die Flucht nach Palästina. 1970 starb er im Alter von 74 Jahren an den Folgen eines Verkehrsunfalls in Haifa.[18]

Nach einem kurzen Ausflug ans ›schwäbische Meer‹ und einer spontanen Stippvisite im kleinen Luftkurort Heiligensee, der ›Aussichtsterrasse des Bodensees‹, schmieden Ursula und Peter bei einem üppigen Sommer-Picknick auf der Wiese schließlich doch einen Reiseplan und fahren in die südliche Schweiz. Aufs Geratewohl und weil sie erst spät in der Nacht am Ziel sind, »am See, im Tessin, wo eigentlich?«, quartieren sie sich im Hotel Monte Verità in Ascona ein, »dem großen Hotel mit dem verpflichtenden Namen, das sich prunkvoll und beherrschend über See und Hügel erhebt.« (S. 35) Victoria Wolff kannte das malerisch am Lago Maggiore gelegene Ascona und sein berühmtes Kurhotel Monte Verità bereits von einem früheren Aufenthalt, als sie sich dort einige Wochen lang von einer Operation erholt hatte. In der Heilbronner »Neckar-Zeitung« vom 21. November 1931 hatte sie den Ende der 1920er-Jahre vom bescheidenen Fischerdorf zum begehrten Domizil der damaligen Prominenz aus Kunst, Wirtschaft und Adel aufgestiegenen Flecken und seine illustren Gäste ausführlich vorgestellt:

> Aber A s c o n a ist und bleibt Insel in Europa, Insel der Glücklichen [...], der Geistigen [...] und der Weltlichen. [...] über allem lacht ohne Ermüdung eine milde Sonne, in der sich Palmen und Kastanien, Menschen und Gedanken, Wellen und Intrigen sachte bewegen. Die L a n d s c h a f t [...] ist vielgestaltig, gebirgig, scharf gezackt und buntfarbig. Die Berge kommen ganz dicht ans Wasser, man sieht in die Zerklüftungen des Centovalli, man folgt den Überschneidungen der Gipfel, die aus Italien kommen. Scharf stehen Palmenfächer, Birkenzartheit, Kastanienbuntheit gegen den klarblauen Himmel. Jeder Gegenstand wird hier zur Plastik, jeder Winkel zum Kunstwerk. [...] Jeder, der dort wohnt, erzählt: Ich kam zufällig hierher, dann einige Sommer lang, dann kaufte ich mir ein Grundstück und kam nicht mehr los. Emil Lud-

wig wohnt dort, Wilhelm Schmidtbonn, Professor Seewald; nun hat sich Remarque dort angekauft [...], Stinnes hat ein neues Haus, der Schriftsteller v. d. Schulenburg ein altes; der frühere Botschafter von Maltzahn vermietet Zimmer in seiner Casa la Terrazza. Auf der Insel von Ronco [Isole di Brissago; A. H.] haust märchenhaft-prunkvoll Herr Emden, der einen Kranz von Frauen und Legenden um sich hat. Das sind nur ein paar Namen, herausgegriffen aus dem großen Kreis anregender Menschen, die hier Insel spielen.

Insbesondere MalerInnen und SchriftstellerInnen lebten gern in dem ehemaligen Fischerörtchen mit seinem angenehm ausgeglichenen Klima, dessen mediterrane Atmosphäre sich positiv auf ihre künstlerische Kreativität auswirkte. Es war jedoch nicht nur das südländisch anmutende Kolorit Asconas, das so viele KünstlerInnen magisch anzog, sondern auch der legendäre Nachruhm des Monte Verità. Berg der Wahrheit – so hatten der zivilisationsmüde belgische Industriellensohn Henri Oedenkoven und seine Geliebte, die deutsche Pianistin und Feministin Ida Hofmann, den kaum 150 Meter über Ascona aufragenden Weinhügel getauft, auf dem sie zu Beginn des vorigen Jahrhunderts eine lebensreformerische Siedlung sowie ein vegetarisch und naturistisch ausgerichtetes Naturheilsanatorium gründeten. Gemeinsam mit einer kleinen Schar getreuer AnhängerInnen suchten sie mit einem einfachen, naturverbundenen Lebensstil, Genossenschaftswesen, Gemeinbesitz, Frauenemanzipation und ›freier Liebe‹ ein Gegenmodell zur herrschenden Kultur und Gesellschaft der Zeit zu schaffen. Der symbolgleiche Name war Programm, Versprechen und Verpflichtung. Er zog WeltreformerInnen, SinnsucherInnen, AussteigerInnen und (Lebens-)KünstlerInnen aus aller Welt und jeglicher Couleur an und – gehörte schon bald ins Reich der Mythen.[19] Was blieb, war die Kunde, dass sich in Ascona in ungezwungener Gemeinschaft und mit geringem finanziellen Aufwand recht angenehm leben lasse. Da sich Oedenkovens und Hofmanns utopische Ziele nicht erfüllten, aber auch aufgrund mangelnder Rentabilität ihrer Naturheilanstalt, verließen sie den Monte Verità 1920 wieder und wanderten über Spanien nach Brasilien aus. Die Hütten und Häuschen der lebensreformerischen Kolonie drohten zu verfallen, bis das Berliner Bohemetrio Werner Ackermann (Pseudonym für Robert Landmann), Hugo Wilkens und Max Bethke den Monte Verità im Jahr 1923 erwarben. Sie wollten ihn in eine expressionistische Künstlerkolonie umwandeln. Künstlerische Aktivitäten und Feste – aufregende Gemäldeausstellungen, bizarre Vortrags- und Tanzabende, Konzerte und rauschende Motto-, Kostüm- und Maskenbälle – machten den Monte Verità zu einem Anziehungspunkt für die künstlerische Avantgarde. Doch finanzielle Schwierigkeiten zwangen die drei innovativen Neuerer schon nach zwei Jahren zur Aufgabe ihres hochfliegenden Projekts.

1926 kaufte schließlich der schillernde Baron Eduard von der Heydt, Bankier des abgedankten Kaisers Wilhelm II. und einer der größten Sammler zeitgenössischer und außereuropäischer Kunst, den Monte Verità. Er bezog die Casa Anatta, das ehemalige Wohnhaus von Oedenkoven und Hofmann, und ließ 1927 vom bekannten Düsseldorfer Architekten Emil Fahrenkamp, dem Architekten der Rheinstahl-Handelsgesellschaft und später des Shell-Hauses in Berlin, anstelle des alten Zentral- bzw. Gemeinschaftshauses ein »gangbares, anspruchsvolles und von allen Absonderlichkeiten geheiltes« First-Class Hotel[20] im rationalen Bauhausstil errichten. Bauleiter des Hotels Monte Verità war der erfolgreiche Asconeser Architekt Oswald Roelly. Er entwarf das 1932 erbaute moderne Club-Haus des berühmten Golfclubs von Ascona, dessen am See gelegenen Golfplatz man damals als die »schönsten 9 Löcher Europas« bezeichnete.[21] Baron von der Heydt stellte im Hotel seine umfangreiche moderne Kunstsammlung und seine Sammlung naturvölkischer, indischer und fernöstlicher Kunst aus, da es ihm wichtig war, den (Ferien-)Alltag seiner Gäste mit Kunst zu durchwirken und sie über die Kunst auf angenehme, zugleich zwanglose und unverbindliche Weise miteinander ins Gespräch zu bringen. Ein Werbeprospekt in äußerst ansprechender und außergewöhnlicher Optik – zu sehen sind auf blauem Grund der silberne kubistische Neubau zusammen mit einem Buddha, in dessen roter Aura sich Palmen als Symbole der Tessiner Landschaft spiegeln – präsentierte das neue Kurhotel, einen hypermodernen nüchternen Flachdachbau, als Symbol der neuen Zeit, der Epoche der 1920er-Jahre:

> Ein neues Ascona ist in das alte hineingewachsen. Das Fischerdorf ist zum originellen Kurort erblüht ... Das schönste, komfortabelste und modernste Gästehaus in Ascona ist das Hotel Monte Verità. Eine Lage, wie sie sich idealer nicht ausdenken läßt! Auf 350 m über Meer, hoch über dem Dorf ... wurde der Flachbau mit genialem Wurf hingesetzt ... Wenn man auf der Terrasse sitzt, die sich der ganzen Länge des Baues anschließt, ist es, als schwebe man in der Luft, als sehe man von einem Schiff oder Flugzeug hinunter auf See und Berge. Hinter dieser Terrasse liegen die Gesellschaftsräume. Durch die riesigen Fenster des Eßsaals strömt die überwältigende Fülle der Landschaft. Auf hellem Gelb der Wände hängen die gediegenen Bilder aus der Sammlung von der Heydt, die Picasso, Matisse, Feuerbach, Hodler usw. Das ganze ist das Kultivierteste, das man sich unter einem Gemeinschaftsraum vorstellen kann. Lesesaal, kleinere Eß- und Unterhaltungsräumlichkeiten schließen sich an. Eine Wandelhalle verbindet in äußerst geschickter Weise den Neubau mit weiteren Gesellschaftsräumen im alten Haus. Äußerst komfortabel sind die Gästezimmer. Alle mit Telefon, Zentralheizung, Lichtsignal, Privatbad und Loggia.[22]

Zu dem mit allen Schikanen ausgestatteten Hotel gehörte auch, dass man in lauen Nächten sein Bett eigenhändig und mühelos auf den Balkon schieben konnte – die Hotelbetten hatten Rollen. Den umge-

Baron Eduard von der Heydt im ›Lufthemd‹

benden Naturpark ließ der Baron zum botanischen
Garten mit mediterranen und tropischen Pflanzen
und Bäumen umgestalten, bestückt mit exotisch
anmutenden verwitterten Shiva- und Buddhafiguren,
afrikanischen Skulpturen, japanischen Steinlaternen
und chinesischen Vogelhäuschen seiner Sammlung.
Dort wurde er zumeist im selbst kreierten luftigen
Look, kurzen hellen Hosen und lockerem ›Lufthemd‹

und unter einem großen tiefroten Sonnenschirm lustwandelnd angetroffen. Zum ausgedehnten Hotelkomplex gehörten außerdem Spiel- und Liegewiesen, Ruhehallen, Luft- und Sonnenbäder, und die – dem Trendsport der 1920er gemäß – unvermeidlichen Tennisplätze. Da die Feriengäste jener Zeit weit weniger (auto-)mobil waren als heute, bestand nach Locarno, zum Badestrand in Ascona sowie zum am See gelegenen Kursaal und Golfplatz ein kostengünstiger Shuttle-Service. Und für Ausflüge in die nähere Umgebung – zum Beispiel nach dem hoch und idyllisch über dem Lago gelegenen Dörfchen Ronco, wo Erich Maria Remarque seit 1931 eine Villa am See besaß, oder ins quirlige italienische Städtchen Stresa gegenüber den berühmten Borromäischen Inseln – konnten Fahrzeuge gemietet werden.[23] Ein Angebot, von dem auch Victoria Wolffs fiktionale Hotelgäste in *Die Welt ist blau* regen Gebrauch machen.

Mit dem neuen Hotel, so »gar nicht wie alle« (S. 36), begann eine der blühendsten Zeiten des Monte Verità, wenn nicht seine mondänste. Das Haus wurde fashionable und schnell zum internationalen Treffpunkt bekannter Persönlichkeiten aus Politik und Kultur, Wirtschaft und Wissenschaft, Adel und Geldadel. Zeitungen und Berliner Lifestyle-Magazine wie »Die Dame«, sogar elegante Kunstzeitschriften wie die Münchener Monatsschrift »Pantheon« oder »Der Querschnitt«, die dem angesehenen und mit dem Baron befreundeten Berliner Kunsthändler und Galeristen Alfred Flechtheim gehörte, begannen Ende der 1920er-Jahre regelmäßig euphorische Beiträge über

Ascona und das geschmackvolle Luxushotel mit seiner erlesenen Kunstsammlung zu veröffentlichen. »Ganz Berlin sprach davon, daß auf dem Monte Verità ein Picasso im Lift hinge – ganz Berlin wollte nach Ascona«, weiß zum Beispiel der rasende Berliner Reporter und Reisejournalist Curt Riess in seinem literarischen Ascona-Porträt aus dieser Zeit zu berichten.[24] Dass das ebenso vergnügliche wie anregende Erinnerungsbuch *Monte Verità, Ascona. Die Geschichte eines Berges* (1930) des expressionistischen Künstlers Robert Landmann just damals in der Presse breit besprochen wurde,[25] verstärkte die Neugier auf das bunte Treiben in Ascona zusätzlich. Die Berliner Society der 1920er-Jahre fuhr hin, um zu sehen, und noch mehr, um gesehen zu werden. Und um sich den verrückten Lebenspraktiken und Aktivitäten der ›Roaring Twenties‹ entsprechend auszuleben: »Man wollte alles nebeneinander und tat es auch – Rohkost und Champagner-Frühstück, Nacktkultur und buddhistische Versenkung.«[26] In jenen fiebrigen Jahren ging das Wort um, Ascona sei ein bzw. der äußerste Vorort Berlins.[27] Entsprechend eindrucksvoll liest sich das Gästebuch Baron von der Heydts, in das offenbar auch Victoria Wolff während ihres Kuraufenthalts 1931 einen Blick hatte werfen können, die in der »Neckar-Zeitung« konstatierte, »daß sich Menschen dort wohlfühlen, wie der preußische Ministerpräsident [Otto] Braun, wie die Filmschauspielerin Charlotte Susa, wie [der Pianist und Musikdozent] Edwin Fischer und der [General und Militärattaché] Graf Montgelas.« Die Begegnungen mit den Prominenten und weniger Prominenten im Hotel Monte Verità dürften ihr reichlich Stoff zur Ausgestaltung ihres Ascona-Romanpersonals geliefert haben.

Mit dem glänzenden Jet-Set-Betrieb auf dem Monte Verità, einem »Paradies, aus dem man nicht vertrieben werden möchte«, so Victoria Wolff 1931 in der »Neckar-Zeitung«, hatte sie als Emigrantin in Ascona jedoch wenig zu tun. Sie bewegte sich nun vielmehr im Kreis der Asconeser Künstlerbohème, die unten im Dorf anzutreffen war; darunter zunehmend deutsche und italienische ExilantInnen, die wie sie selbst vor dem in ihren Heimatländern wütenden Faschismus hierher geflohen waren. Erstmals bot sich ihr, die im behäbigen Heilbronn weitgehend isoliert gearbeitet hatte, die Gelegenheit, regelmäßig mit SchriftstellerInnen und MalerInnen wie Albert Ehrenstein, Efraim Frisch, Arthur Holitscher, Else Lasker-Schüler, Emil Ludwig und Marianne Werefkin zusammenzukommen und sich auszutauschen. »›Ich fühle mich hier in einem Raum, der von Versprechungen strotzt‹«, schreibt sie in ihrem Roman *Die Welt ist blau*. »[M]an wird hier so schnell ein anderer Mensch [...]. Ich spüre Übermut, Kraftüberschuß, eine zweite Jugend, einen neuen Beginn, und das ist schön.‹« (S. 60 f.). Im Gegensatz zur heutigen Zeit spielte sich im Ascona der 1930er-Jahre das gesellschaftliche Leben und Treiben noch nicht auf der berühmten Piazza ab. Da es zu jener Zeit nur wenige Hotels und kaum Cafés oder Restaurants an der Seepromenade gab, standen dort auch nicht die heute gewohnten Caféstühle, Tische und bunten Sonnenschirme. Den fröhlichen (Sommer-)Trubel von heute suchte man auf der Piazza von damals wohl vergeblich. Asconas ›Vergnügungsmeile‹ war vielmehr die Via Borgo, die Hauptstraße im alten Ortskern mit seinen verwinkelten Gassen und seinen stimmungsvollen, mit Blumen farbig geschmückten Innenhöfen. An der Via Borgo lagen das Café Centrale, das Café Verbano, die Nelly-Bar und die Taverna. Und dann war da noch der umtriebige Lido, eigentlich »Casino – Kursaal – Lido«, das erste und einzige Strandbad Asconas mit Restaurant, Bar und Tanzdiele im angesagten Bauhausstil sowie regelmäßigen Jazzkonzerten, welches Badefreudige, TänzerInnen und TrinkerInnen gleichermaßen in Scharen anlockte. Diese Lokalitäten finden sich großenteils auch in Victoria Wolffs Sommer-Roman *Die Welt ist blau* wieder.

Beliebtester Treffpunkt der Künstlerprominenz war damals das Café Verbano. Von den Tischen, die bis auf die Straße reichten, konnte man zwar nicht den herrlichen Lago sehen, dafür aber um so ausgiebiger die Passanten und die Neuankömmlinge betrachten. Und man war nie lange allein. Hier, bei einer Tasse Kaffee oder einem Glas Nostrano, kam man schnell miteinander ins Gespräch. Im Verbano wurden heiße Diskussionen über den neuesten Roman oder die aktuelle Ausstellung der Asconeser Künstlergruppe »Der Große Bär« geführt, der u. a. die expressionistische Malerin Marianne Werefkin angehörte,[28] sowie wichtige Nachrichten ausgetauscht und natürlich auch allerhand getratscht und geklatscht; man beäugte einander neugierig und feierte gemeinsam wilde Feste. Seinen legendären Ruf verdankte das Verbano nicht zuletzt der charmanten Asconesin Fede, einer fröhlich-agilen jungen Frau mit Herz und Verstand, der es offenbar gelang, sich um jeden ihrer zahlreichen, nicht immer einfachen Gäste in einer Weise zu kümmern, dass diese sich dort wie in einer großen Künstlerfamilie fühlten.

Auch Victoria Wolff, die das Verbano gern und ausgiebig besuchte, hat Fede in ihrem Roman *Die Welt ist blau* verewigt: »Abends um sechs sitzen sie [Ursula und Peter] faul vor dem kleinen Café in der Gasse und löffeln ein rotes Gebräu. Das muntere Mädchen Fede, das hier bedient, kneift und stupst ihre Gäste je nach deren Bedeutung. [...] Sie hat auch viel zu tun im Kreise der Größen und Gernegrößen, die hier aus- und ein- gehen, Briefe schreiben, Minestra essen, Dorfklatsch treiben und sich die Zeit versitzen. Es ist ein buntes Kommen und Gehen von Frauen in Hosen und Männern in Blusen, deren Farben wetteifern mit der Buntheit des abendlichen Himmels und den gelben, grünen und roten Tränklein auf den Tischen. Sie reden und lachen und lästern und grüßen hin und her; jeder scheint jeden zu kennen. [...] ›Ciao‹, ruft Fede ihnen nach; ›bald wieder zu mir kommen‹.« (S. 43 ff.)[29]

Am Abend wanderte das Völkchen dann weiter in die Taverna – ein modernes, 1930 »in großzügiger Weise und mit den neuzeitlichsten technischen Mitteln und Ausstattungen errichtetes« Bauhaus-Kind des Berner Architekten Albert Hauser,[30] das Tanzpalast mit Life-Orchestern, Bar, Festsaal, Showbühne

Marianne Werefkin und Fede in Ascona, um 1930

und Restaurant in einem und sowohl bei den KünstlerInnen als auch bei den Reichen und Schönen dieser Welt jahrzehntelang überaus beliebt war. Im Rückblick sprach Victoria Wolff gar von einem »›fröhlichen Exil‹«, wenn sie nicht Jahr für Jahr bei der Eidgenössischen Fremdenpolizei in Bern um die Verlängerung ihrer Aufenthaltsgenehmigung hätte nachsuchen müssen.[31]

Zu ihren vier besten FreundInnen unter den emigrierten KünstlerInnen zählten alsbald die Schriftsteller Leonhard Frank, Erich Maria Remarque und Ignazio Silone sowie die Theaterschauspielerin Tilla Durieux. »Ascona war damals noch ein ›seelischer Zustand‹«, erklärte Victoria Wolff später das von ihr und den FreundInnen tief empfundene und die Zeiten überdauernde Gefühl der Zusammengehörigkeit.

»Jeder gab ein Stück von sich, weil er, vertrieben von der Heimat, dankbar war, eine Ersatzexistenz gefunden zu haben. [...] Man kam sich damals, als jeder ein neues Leben aufzubauen suchte, rascher und wesentlich näher als heute.«[32] Zusammengeschweißt vom selben Schicksal, versuchten sie, einander zu helfen, sich in ihrer Arbeit gegenseitig zu unterstützen, zu bestärken und zu inspirieren. Die Nähe zu den befreundeten KünstlerInnen beflügelte Victoria Wolffs eigene literarische Produktivität enorm. In den sechs Jahren ihres Aufenthalts in der Schweiz schrieb sie insgesamt fünf Romane: darunter den Ascona-Roman *Die Welt ist blau*, den ambitionierten antifaschistischen Erlebnisroman *Gast in der Heimat* (1935) sowie den Episodenroman *Das weiße Abendkleid* (1938/39).[33]

Wie aus einem Porträt hervorgeht, das Victoria Wolff im August 1960 zum 80. Geburtstag Tilla Durieux' im Hochglanzmagazin »Madame« (München) veröffentlicht hat, verdankte sie ihren bezaubernden Erfolgsroman *Das weiße Abendkleid* einem der vielen anregenden Gespräche mit der guten Freundin. »Wer das Vergnügen gehabt hat, Tilla Durieux erzählen zu hören, weiß erst, was es heißt, eine Geschichte erzählt zu bekommen«, schreibt sie dort. »Sprühend, mitreißend zaubert sie Menschen und Schicksale in künstlerischer Vision dem Hörer vor oder erobert ihn für neue Ideen. Ja, sie verschenkt freigebig ihre Ideen für Einakter, Theaterstücke, Bücher. Auch mir schenkte sie einst ein Buch.« Wolff hatte die Berliner Theaterdiva und auf den Bühnen der europäischen Metropolen gefeierte Interpretin bedeutender weiblicher Charakterrollen, deren Namen man vor allem in den 1920er-Jahren dann vor allem mit ihrer sensationellen, leicht frivolen (Hosen-)Rolle in Frank Wedekinds »Franziska« verband, gleich zu Beginn ihres Aufenthalts in Ascona kennengelernt. Ebenso wie Wolff war Durieux bereits im Frühjahr 1933 über Prag in die Schweiz emigriert. Kurz zuvor hatte sie gemeinsam mit ihrem dritten Ehemann Lutz Katzenellenbogen, Generaldirektor des Schultheiss-Patzenhofer-Konzerns in Berlin, einen Finanzskandal – mit antisemitischem Hintergrund – durchstehen müssen, bei dem sie große Vermögensanteile verloren hatte. Durieux, die außerdem erleben musste, dass sich 1926 ihr zweiter Ehemann, der Berliner Verleger und Kunsthändler Paul Cassirer, wenige Stunden vor der von ihr betriebenen Scheidung erschoss, war also durchaus das, was Wolff mit Bezug auf ihre Romanfigur Gabriele Schilling »seelisch dick« (S. 58) nennt. Victoria Wolff schätzte die Freundin aber nicht nur wegen ihrer Erzählgabe und der sie inspirierenden gemeinsamen Gespräche, sondern bewunderte vor allem auch deren überaus ausdrucksstarkes, bewegliches, »photogenes« Gesicht, das die Durieux als Schauspielerin berühmt gemacht und zeitgenössische Künstler wie Lovis Corinth (1908), Oskar Kokoschka (1910, 1920), Ernst Barlach (1912) und Auguste Renoir (1914) zu Porträts von ihr angeregt hatte.[34] Beeindruckt von der faszinierenden Persönlichkeit Durieux' lehnte Wolff ihre Romanfigur Gabriele Schilling (»das Titelbild«, S. 40) in *Die Welt ist blau* offenbar an die Freundin an.

Tilla Durieux

Die verschlüsselte Namenswahl könnte auf Durieux' Mitwirkung in Gerhart Hauptmanns Theaterstück *Gabriel Schillings Flucht* (1905/06) zurückzuführen sein, das 1912 von einem Ensemble des Berliner Lessing-Theaters unter der Regie von Paul Schlenther am Goethe-Theater in Bad Lauchstädt uraufgeführt wurde.³⁷ Die insgesamt drei, wohl recht hindernisreichen Sondervorstellungen im Kleinstadttheater schilderte die Großstadtbühnen gewohnte Diva später ausführlich-amüsant, wenngleich mit spöttisch-arrogantem Unterton in ihren 1971 erschienenen Memoiren *Meine ersten neunzig Jahre*. Es ist wohl anzunehmen, dass ihre Erlebnisse in und mit der Provinz auch schon vor der Niederschrift ihrer Erinnerungen zu ihrem Anekdotenschatz gehörten. In Hauptmanns Drama hatte Durieux damals die Rolle der Russin Hanna Elias übernommen, deren verführerischen Reizen der Held des Stücks hoffnungslos erlegen ist. Hilflos zerrieben zwischen den Forderungen seiner früh verhärmten, blassen Ehefrau Eveline und den Ansprüchen seiner attraktiven, geistig aufgeweckten Geliebten Hanna sieht Gabriel Schilling den einzigen Ausweg aus seiner konfliktgeladenen Lebenssituation im Tod und nimmt sich in der Ostsee das Leben.

So weit lässt es Victoria Wolff mit ihrem Helden Peter Mack in *Die Welt ist blau* allerdings nicht kommen. Weder stürzt ihn sein kleiner Flirt mit der widersprüchlichen, ihn daher umso mehr faszinierenden Gabriele Schilling in eine tiefe Beziehungskrise, noch muss er sich deswegen gleich in den Fluten des Lago Maggiore ertränken. Gleichwohl bringt den bodenständigen, in seiner verlässlichen Überlegtheit und Pflichttreue etwas reserviert und steif wirkenden schwäbischen Rechtsanwalt Mack die Begegnung mit der glamourösen Femme fatale aus Berlin, »›der verruchtesten Gegend Deutschlands‹« (S. 62), die so ganz anders zu sein scheint als seine klare, unverstellte, geradlinige Freundin Ursula, ziemlich durcheinander. So fühlt er sich durch das divengleiche, exaltiert und inszeniert wirkende Auftreten der Schilling (»sie ersetzt der Nachbarschaft das Kino«, S. 40) und ihr extravagant-modisches (»bunter als gewöhnlich«, S. 58), auffällig übermaltes Äußeres (»wie eine Maske«, S. 60) zwar sichtlich abgestoßen (»›Nicht mein Fall‹«, S. 41). Zugleich üben aber Gabriele Schillings offene, direkte, herzliche Art, ihr Berliner Witz und ihre Schlagfertigkeit und vor allem ihr wacher, scharfer Verstand, der ihm bei ihren gemeinsamen Gesprächen zu so mancher wichtigen (Selbst-) Erkenntnis oder Anregung verhilft, eine immer stärkere Anziehungskraft auf ihn aus. Da die Schilling jedoch vorzeitig abreist, kann sie ihm nicht zum Verhängnis werden. Im Gegensatz zu Mack hat sie nämlich längst erkannt (an ihrem »traurigen Abend«, S. 107), dass aus ihrem Flirt wohl keine handfeste Affäre werden wird, nicht werden kann, da er der Typ Mann ist, für den es »›nur eine Frau‹« und »›nur ein Glück‹« gibt (S. 132). Damit ist für die geschiedene Frau, eine »›Frau im Leerlauf‹«, wie Ursula einmal recht boshaft anmerkt (S. 93), da sich ihre Hoffnung auf einen neuen Mann an ihrer Seite nicht erfüllt hat, ein weiterer Aufenthalt auf dem Monte Verità »›sinnlos geworden‹« (S. 132). Sie zieht weiter. Mit dem Thema Affäre, ob nun unerlebt oder erlebt, spielte Victoria Wolff auch amüsant auf das damals offene Geheimnis an, dass sich die gehobene Gesellschaft nicht allein zu exklusivem Sonnenbad und Kunstgenuss, sondern vor allem auch zu Liebesabenteuern und ›Seitensprüngen‹ auf dem Berg der Wahrheit zu treffen pflegte. Der deutsche Schriftsteller Emil Ludwig, selbst eingewanderter Asconese, schrieb 1931, hier sei jetzt der Ort, wo die Berliner »ihre erotischen Ferien verleben«.[36]

Um eine unausgelebte Affäre geht es im weiteren Sinne auch bei der Begegnung von Ursula Eisenlohr mit dem interessanten, etwas undurchsichtigen Hotelgast Hubert von Reuchlin. Weil dieser sich scharf von ihrem rationalen, immer etwas unterkühlt wirkenden Freund Peter abhebt, fühlt Ursula sich merkwürdig angezogen von dem lässig-eleganten, immer höflichen und galanten Herrn aus Wien mit seinen sentimentalen, wie nebenbei hingeworfenen »›Poeseleien‹« (»›Solch ein Regentag ist eine Prozedur in Moll.‹«, S. 54 f.) und philosophischen Deuteleien (»›Empfinden Sie es nicht auch bisweilen besonders stark, wie gemein die Menschen sein können?‹«, S. 100) – kleinen, oberflächlichen, vor allem Effekt haschenden Wortspielchen, die er einzig und allein wegen ihrer zielsicheren, das heißt die ›Damenwelt‹ verzückenden Wirkung einsetzt. Obwohl oder vielleicht gerade weil sie, ein gebranntes Kind, das seine erste Liebe einst an einen gutaussehenden, aber rücksichtslosen Luftikus und Herzensbrecher verschenkte, die schmeichelnde Masche des berechnenden Charmeurs schnell zu durchschauen glaubt und den gewissenlosen Frauenhelden und Verführer in von Reuchlin erkennt (»dieser Mann ist für viele da«, S. 55), lässt sich Ursula wider aller schlechter Erfahrung und besseren Wissens zu immer länger und immer doppeldeutiger werdenden, erotisch aufgeladenen Unterhaltungen mit ihm hinreißen. Von Reuchlins gefühlig-umgarnendes, sie zunehmend verwirrendes Werben ist jedoch nur erotische Staffage und dient von Anfang an vor allem dem einen Ziel, Ursula zu seiner Komplizin zu machen (»›Würden Sie mir auch einmal einen kleinen Gefallen erweisen?‹«, S. 48).

Der geheimnisvolle Hubert von Reuchlin entpuppt sich nämlich bald und in jeder Beziehung als »Grande Illusionista« (S. 103). Und als Zauberkünstler, Telepath und Hellseher, der er von Berufs wegen ist, bedarf er dringend einer Assistentin, die ihn trickreich unterstützt: jedoch weniger bei seinen klassischen Entfesselungs- und Verwandlungskunststückchen als vielmehr bei seinen angeblich auf Telepathie beruhenden Kartenleseexperimenten, Mittel- und Höhepunkte einer jeder seiner magischen Bühnenshows.

Da Victoria Wolff bereits bei ihren ersten drei Büchern – ihrer Romanbiographie, ihrem Studentinnen- und ihrem Angestelltenroman – ein besonderes Gespür für modische Themen und populäre Sujets der Zeit zeigte, könnte es gut möglich sein, dass sie sich bei dem »Grande Illusionista« Hubert von Reuchlin vom Fall des berühmten wie umstrittenen Magiers, Telepathen, Hellsehers und Hypnosekünstlers Erik Jan Hanussen inspirieren ließ. Im Frühjahr 1933 – Hanussen befand sich damals auf dem Höhepunkt seiner Karriere – hatte sein mysteriöses Verschwinden aus seiner Berliner Wohnung die Öffentlichkeit wochenlang in Atem gehalten.[37] Seine von Schussverletzungen gezeichnete Leiche war schließlich am

7. April 1933 in einem Waldgebiet südlich der Berliner Stadtgrenze aufgefunden worden. Doch auch schon vor seiner Ermordung hatte der gebürtige Wiener Hanussen, der mit richtigem Namen Hermann Steinschneider hieß, aufgrund des 1929/30 gegen ihn wegen hundertfachen Betrugs geführten ›Leitmeritzer Hellseher-Prozesses‹, seiner spektakulären ›Prophezeiungen‹ Anfang der 1930er-Jahre, darunter der Untergang New Yorks im Jahr 2200, sowie seines exponierten Luxuslebens in Berlin mit Bugatti und Yacht, Champagner und Maßanzug ein ungeheueres Medieninteresse erfahren und die Gemüter der Weimarer Republik bewegt wie kaum ein zweiter. Der mehrfach geschiedene Lebemann und extensive ›Damenfreund‹ hatte sich 1930 in Berlin niedergelassen; zuvor war er mit seinen okkulten Bühnenprogrammen, bei denen er meist gemeinsam mit einer Assistentin klassische Zaubertricks wie Entfesselung, das Zerreißen von Ketten, das Verbiegen von Eisen usw. ebenso zeigte wie hellseherisch-telepathische ›Experimente‹ (v. a. die Hellseh-Nummer ›Zettellesen‹) und Hypnosedarbietungen sehr erfolgreich durch Europa, den Orient und die USA getourt. Seine aufwändig zelebrierten Shows sollten bald die großen Berliner Häuser füllen, die ›astropolitische‹ »Hanussen-Zeitung«, in der er nicht nur Börsentipps gab, sondern auch Hitlers Sieg ›vorhersah‹, gehörte zeitweise zu den auflagenstärksten Blättern von Berlin. Anfang 1933 hatte Hanussen schließlich den »Palast des Okkultismus« eröffnet, seine geräumige, ultramodern und mit allem möglichen astrologischen

Erik Jan Hanussen

Schnickschnack ausgestattete Berliner Residenz in der Lietzenburger Straße 16, wo er sich eindrucksvoll als der große Magier, Telepath und Hellseher in Szene setzte. Trotz seiner jüdischen Herkunft, die Mitte 1932 durch den Journalisten Bruno Frei publik gemacht worden war, hatte er durch Spenden an die SA, das Verleihen größerer Geldbeträge an Wolf

Heinrich Graf Helldorf und andere hochrangige SA-Führer und nicht zuletzt durch seine für die NSDAP schmeichelhaften Siegesprognosen Zugang zu hohen NS-Kreisen erhalten und war zum NS-›Hofmagier‹ aufgestiegen. In einer für ihn folgenreichen Séance am 26. Februar 1933 im »Palast des Okkultismus« soll der stets gut informierte Hanussen dann den Brand des Reichstags für den folgenden Tag ›vorhergesagt‹ haben. Bereits wenige Wochen später, am 24. März 1933, war er durch ein SA-Kommando verschleppt und wahrscheinlich noch in derselben Nacht in der Kaserne an der General-Pape-Straße erschossen worden. Offenbar wusste der ›Hellseher‹ zu viel über die Vorgänge hinter den Kulissen der SA; zugleich wurde man durch seine Ermordung einen lästigen Gläubiger los. Mit einer esoterischen Thematik hatte sich Victoria Wolff schon einmal und zwar gleich zu Beginn ihrer Karriere beschäftigt. So will sie ihren ersten Artikel für die Heilbronner »Neckar-Zeitung« über die deutsche Astrologin und Graphologin Elsbeth Ebertin geschrieben haben. Ebertin erlangte durch ihr im Frühjahr 1923 für Adolf Hitler auf den 20. April 1889 erstelltes Horoskop einige Popularität, da dieses allgemein als ›Prophezeiung‹ des von Hitler und seinen Gefolgsleuten inszenierten Putsches vom 8./9. November 1923 gedeutet wurde.[38] Zum gerade populären Magierthema passte natürlich auch der seit den Zeiten Oedenkovens und Hofmanns allgemein verbreitete Mythos von der besonderen Magie Asconas, besonders des Monte Verità, seines geheimnisvollen Fluidums magnetischer Kraft und Ausstrahlung,[39] das schon seit Jahren Magnetiseure, AstrologInnen, SpiritistInnen, ChirologInnen, GraphologInnen, TheosophInnen etc. in seinen Bann zog. So auch den Schweizer Schriftsteller Alfred Fankhauser, der durch einen Ascona-Besuch 1924 angeregt wurde, sich intensiv mit der Astrologie auseinanderzusetzen und Ende der 1920er-Jahre seine damals viel beachteten und aufgelegten Astrologie-Lehrbücher zu publizieren begann.[42] Darüber hinaus schickte sich im Jahr 1933 die Niederländerin Olga Froebe-Kapteyn, die in ihrer Casa Gabriella in Ascona-Moscia »Kurse für ›Spiritual Research‹« abhielt, gerade an, die erste der bis heute stattfindenden »Eranos-Tagungen« auszurichten.[43] Die Sommertagung fand dann mit dem Psychologen Carl Gustav Jung als einem der prominentesten Referenten vom 14. bis 26. August 1933 zum Thema »Yoga und Meditation im Osten und Westen« in einem extra dafür auf ihrem Seegrundstück errichteten Vortragssaal statt.

Magisches Pflaster hin, mysteriöse Strahlungen her – Victoria Wolffs Romanprotagonistin Ursula Eisenlohr entschließt sich wohl eher aus einer indifferenten und unguten Gefühlsmischung von Sich-Geschmeichelt-Fühlen (wegen der Bühnenofferte) und Mitleid (mit Hubert von Reuchlin), Eifersucht (auf Gabriele Schilling) und Sich-Eingeengt-Fühlen (von Peter Mack) und letztlich einer unbändigen Lust am Leben mit all seinen Chancen und Risiken (»man muß ganz einfach ein bißchen verrückt sein«, S. 140) dazu, Hubert von Reuchlin bei seiner betrügerischen Kartentrickvorstellung in der Asconeser Taverna als

›telepathisches Medium‹ zur Verfügung zu stehen. Um seine Freundin zur Vernunft zu bringen, ein Be- bzw. Erziehungsziel, das sich Peter Mack gleich zu Beginn ihrer gemeinsamen Reise gesetzt hat (»Erst wenn ihr Herz von der Vernunft erzogen ist, kann es der Vernunft entraten.«, S. 56) und um ihrem Willen Grenzen aufzuzeigen, erteilt er Ursula eine Lektion: Er lässt sie durch den von ihm als ›Geheimpolizisten‹ engagierten Hotelkoch Paolo wegen Trickbetrugs in der Taverna verhaften. Sobald er Ursula ›erfolgreich‹ aus den falschen Fängen der Staatsgewalt ›befreit‹ hat, suchen sie gemeinsam Zuflucht – diesmal vor dem falschen Trubel des Monte Verità – im kleinen Pfarrdorf und Luftkurort Bignasco, um in der Abgeschiedenheit des Tessiner Maggiatals zu sich selbst und zu einer neuen Beziehungsbasis zu finden. Als Peters der Freundin selbstherrlich verordnete »›Lügekur‹« (S. 165) schließlich aufgeflogen ist und beide erkennen, dass sie durch das einseitige Verfolgen der eigenen Lebensmaximen – Vernunft versus Impuls geleitetes Leben und Handeln – die Grenzen und Gefühle des jeweils anderen verletzt haben, versuchen sie, ihre Beziehung auf eine neue Grundlage zu stellen. In Anspielung auf die im Oktober 1925 in Locarno abgehaltene internationale Friedenskonferenz und das für den Abschluss der ›Locarno-Verträge‹ entscheidende Gespräch, die private Begegnung zwischen dem deutschen Reichskanzler Hans Luther und dem französischen Außenminister Aristide Briand am 7. Oktober 1925 im Café Elvezia in Ascona, beschließen Ursula und Peter den »›Vertrag von Bignasco‹« (S. 170). Vor dem Hintergrund der Entwicklungen im nationalsozialistischen Deutschland von 1933, dem Erstarken eines menschenfeindlichen, repressiven, gewalttätigen und kriegswilligen Regimes, kommt dem eigentlich harmlosen kleinen, nur fünf Bestimmungen bzw. Forderungen umfassenden (Beziehungs-)Vertrag der beiden – 1. Offenheit, 2. Selbsterkenntnis, 3. Respekt, 4. Menschlichkeit, 5. Optimismus – allerdings eine sehr viel tiefere Bedeutung zu. Der Pakt kann durchaus als Aufruf Victoria Wolffs zu einem offenen, verständnis- und respektvollen, toleranten, freundschaftlichen, humanitären und friedvollen Umgang miteinander verstanden werden. Und vor allem auch als Appell an ihre deutschen LeserInnen, angesichts der politischen und gesellschaftlichen Lage im Land nicht zu verzweifeln (»›Also ich fordere, daß die Welt blau ist, auch wenn sie grau scheint, muß sie blau sein [...]!‹«, S. 172), vielmehr mutig nach neuen Lebensentwürfen und -wegen zu suchen (»›Wir werden schon können, was wir wollen.‹«, S. 35) – gerade auch in der Emigration, denn, so der fast schon trotzig geäußerte Optimismus ihrer Protagonistin Ursula: »Die Welt ist überall schön.«

Victoria Wolffs eigener Aufenthalt als Emigrantin in der Schweiz endet nach gut sechs Jahren dagegen reichlich bitter. Hatten ihr die Schweizer Behörden bisher keine nennenswerten Schwierigkeiten gemacht – Jahr für Jahr wurden sowohl ihre Aufenthalts- als auch ihre (eingeschränkte) Arbeits- bzw. Publikationserlaubnis verlängert –, so änderte sich deren Haltung im Sommer 1938 abrupt. Aufgrund einer Denunziation hatte die Eidgenössische Fremdenpolizei in Bern erfahren, dass Wolff regelmäßig anonym oder unter Pseudonymen Beiträge in der Schweizer Presse veröffentlichte; obwohl sie ihr im Frühjahr 1936 unter Androhung der Ausweisung die Auflage erteilt hatte, sich auf die Publikation von Büchern zu beschränken und jegliche journalistische Mitarbeit an hiesigen Zeitungen und Zeitschriften einzustellen. Die Behörden beschlossen daher, sie zum 1. Juli 1939 aus der Schweiz auszuweisen.[44] Nach zähen, aber erfolglosen Verhandlungen mit den Schweizer Behörden um die weitere Verlängerung ihrer Aufenthalts- und Publikationsgenehmigung verließ Victoria Wolff Ende Juni 1939 zusammen mit ihren beiden Kindern die Schweiz und ging nach Frankreich. In ihrem von Friedrich Witz in der »Zürcher Illustrierten« vom 7.7.1939 abgedruckten Abschiedsartikel »Das große und das kleine Gefühl« über die 1939 in Zürich veranstaltete Schweizerische Landesausstellung ›Landi‹, eine nationale Leistungsschau, äußerte sie sich mit unverhohlener Enttäuschung über die erfolgte Ausweisung, »weil ich auch gern mitgeholfen hätte und nicht durfte. Weil man hier sagt [...]: du darfst hier leben, atmen, spazierengehen, aber deine Hilfe brauchen wir nicht; [...] gib dich keinen falschen Hoffnungen hin; wir brauchen niemals fremde Kraft!«

Trotzdem dachte Victoria Wolff im US-amerikanischen Exil, wohin sie und ihre Familie sich 1941 mit Hilfe von FreundInnen und Verwandten hatten flüchten können, stets gern und voller Sehnsucht an ihre Jahre in Ascona zurück. Das sture, hartherzige Verhalten der Schweizer Behörden vermochte ihre Erinnerung an die von ihr als überaus reich und beglückend erlebte »›himmelblaue Zeit‹«[43] im Tessin nicht zu trüben. So oft es später ihre regelmäßigen Europa-Reisen erlaubten, suchte sie Ascona auf, um dort noch einmal etwas von diesem Traum, dem von ihr immer wieder beschworenen »seelischen Zustand« von damals wiederzufinden. Victoria Wolff starb 1992 im Alter von 88 Jahren in Los Angeles.

Anmerkungen

[1] Dieses und das vorangegangene Zitat siehe Brief von Victoria Wolff an Dr. Friedrich Witz vom 1.8.1933 (Zentralbibliothek Zürich, Handschriftenabteilung: Nachlass Friedrich Witz, Sign.: Nachl. F. Witz 42.44).

[2] Friedrich Witz 1969: *Ich wurde gelebt. Erinnerungen eines Verlegers*. Mit 11 Abbildungen. Frauenfeld, Stuttgart, S. 201. – Friedrich Witz hatte Victoria Wolff noch unter ihrem ›alten‹ Autorennamen Victoria Wolf kennengelernt, unter dem sie bis zu ihrer zweiten Ehe 1949 mit Dr. Erich Wolff überwiegend veröffentlichte; von da an bevorzugte sie die Schreibweise Victoria Wolff.

[3] Zum Verlagsprofil siehe z. B. *Lexikon der deutschen Verlage*. Leipzig 1929, S. 98.

[4] Siehe dazu Rudolf Hirschmann 1976: »Victoria Wolff«. In: John M. Spalek/Joseph Strelka (Hg.): *Deutsche Exilliteratur seit 1933*. Bd. 1 (Kalifornien), Teil 1. Bern, München, S. 668–675, hier: S. 668.

[5] Siehe dazu Manfred Bosch 2003: »*Herz auf Taille*«. *Curt Weller, der Entdecker Erich Kästners, in Horn am Bodensee*. Marbach am Neckar, S. 2 ff. (Spuren; 61).

[6] Siehe dazu Manfred Bosch 2003, a. a. O., S. 6.

[7] »National-Zeitung« (Basel) zitiert nach dem Buchumschlag von Victoria Wolffs Roman *Die Welt ist blau*. Zürich: Bibliothek zeitgenössischer Werke, 1934. – Zu den Wolff-Romanen *Mädchen wohin?* und *Eine Frau hat Mut* siehe ausführlich Anke Heimberg 2000: »Victoria Wolff«. In: Britta Jürgs (Hg.): »*Leider hab ich's Fliegen ganz verlernt*«. *Portraits von Künstlerinnen und Schriftstellerinnen der Neuen Sachlichkeit*. Berlin, S. 214–240, hier: S. 218 ff.

[8] Zitiert nach Victoria Wolff im Dokumentarfilm *Wir waren unerwünscht: Victoria Wolff, Jakob Gimpel, Marta Feuchtwanger* (Deutschland 1979).

[9] Vgl. dazu Wolffs RSK-Akte in der Reichskulturkammer (RKK) im Bundesarchiv Berlin-Lichterfelde, die unter dem Namen »Trude Victoria Wolf« geführt wurde (BArch: RKK 2101/RSK 04).

[10] Siehe dazu Murray G. Hall 1994: *Der Paul Zsolnay Verlag. Von der Gründung bis zur Rückkehr aus dem Exil*. Tübingen, S. 208 ff. (Studien und Texte zur Sozialgeschichte der deutschen Literatur; 45).

[11] Vgl. dazu die Erinnerungen Alfred Wolfs in Walther Strauss (Hg.) 1982: *Lebenszeichen – Juden aus Württemberg nach 1933.* Gerlingen, S. 338–341, hier: S. 339.

[12] Die deutsche Tochtergesellschaft Maggi GmbH wurde während des Zweiten Weltkriegs zum größten Lebensmittelproduzenten des Reiches und ein Hauptlieferant des Militärs. Siehe dazu: Albert Pfiffner: »Maggi.« In: *Historisches Lexikon der Schweiz (HLS)*, Version vom 22.10.2009 (<http://www.hls-dhs-dss.ch/textes/d/D41775.php>).

[13] Es handelt sich dabei – leicht abgewandelt – um das Gedicht »Genau besehn« von Joachim Ringelnatz, das 1928 in seinem Gedichtband *Allerdings* (Berlin) erschien. 1933 wurde dem in den 1920er-Jahren bekannten und beliebten Dichter und Kabarettisten von den Nationalsozialisten untersagt, weiter aufzutreten, seine Werke wurden indiziert und verboten.

[14] Wolff gab verschiedentlich an, als erstes oder einziges Mädchen das Heilbronner Realgymnasium besucht zu haben, was jedoch nicht stimmt. Bereits 1912 legte mit der Weinhändlertochter Helene Ehrmann dort das erste Mädchen sein Abitur ab; 1917 besuchten bereits 18 Schülerinnen das Realgymnasium. Siehe dazu Elke Koch 2002: *Frauen – Männer – Stadtgesellschaft. Heilbronn und die »Frauenfrage« von 1900 bis 1918.* Heilbronn, S. 333 (Tabelle 25) und S. 335 (Tabelle 26). (Quellen und Forschungen zur Geschichte der Stadt Heilbronn; 12).

[15] Brief von Victoria Wolff an Wilfried Hartmann vom 8.2.1992, abgedruckt in Uwe Jacobi: »Victoria Wolff, Weltbürgerin.« In: »Heilbronner Stimme«/Wochen-Magazin, 9.1.1993. – Fast wortwörtlich verspottet auch Lehrer Sinus im Roman seine Schülerin Ursula: »›Jetzt habe ich's aber so gründlich erklärt, daß es sogar die Eisenlohr verstehen konnte.‹« (S. 12)

[16] Jakob Victor zitiert nach Victoria Wolff in Uwe Jacobi: »Sie gab sich nie in ›kleinen Münzen‹ aus. Das bewegte Leben der Victoria Wolff/Die berühmteste Heilbronner Autorin (1).« In: »Heilbronner Stimme«, 27.6.1985.

[17] Siehe dazu Victoria Wolff: »Sehnsucht nach der Unruhe des Lebens. Erinnerungen an Remarque.« In: »Madame« (München), Juli, 1971.

[18] Zu Hugo Kern siehe z. B. den Nachruf »Dr. Hugo Kern gestorben«, in: »Jedioth Chadashot« (Tel Aviv), vom 23.3.1970.

[19] Zur wechselvollen Geschichte des Monte Verità siehe z. B. Harald Szeemann (Hg.) 1979: *Monte Verità. Berg der Wahrheit. Lokale Anthropologie als Beitrag zur Wiederentdeckung einer neuzeitlichen sakralen Topographie.* Mailand.

[20] Annemarie Schwarzenbach 1932: »Locarno und Ascona.« In: Dies./Hans Rudolf Schmid: *Schweiz: Ost und Süd*. Hrsg. von Eduard Korrodi. Mit Originalzeichnungen von Hans Tomamichel. München, S. 207–212, hier: S. 211. (Was nicht im »Baedeker« steht; 15).
[21] Siehe dazu Eduard Keller 1934 (2001): »Asconeser Architekten.« In: Ders. (Hg.): *Ascona-Bau-Buch*. Zürich (Faksimile-Neuausgabe), S. 83–115, hier: S. 99 und S. 103.
[22] Werbeprospekt zitiert nach Nicoletta Birkner-Gossen und Othmar Birkner 1979: »Zur Baugeschichte von Monte Verità.« In: Harald Szeemann (Hg.), a. a. O., S. 121–125, hier: S. 123 f.
[23] Siehe dazu Robert Landmann (d. i. Werner Ackermann) 1973: *Ascona – Monte Verità. Auf der Suche nach dem Paradies*. Von Ursula von Wiese überarbeitete und ergänzte Ausgabe, unter Mitarbeit von Doris Hasenfratz. Zürich, Köln, S. 231 ff.
[24] Curt Riess 1964: *Ascona. Geschichte des seltsamsten Dorfes der Welt*. Zürich, S. 95.
[25] Zum Beispiel von dem Berliner Anarchisten, Revolutionär und früheren Bewohner der lebensreformerischen Naturistenkolonie Erich Mühsam im »Berliner Tageblatt« vom 31.7.1930, wieder abgedruckt in [Eduard] von der Heydt, [Erich] Mühsam u. a. 1979: *Ascona und sein Berg Monte Verità*. Zürich, S. 119–127.
[26] Willy Rotzler 1979: »Der Baron auf dem Monte Verità.« In: Harald Szeemann (Hg.), a. a. O., S. 99–105, hier: S. 102.
[27] Werner von der Schulenburg: »Ascona, der äußerste Vorort Berlins.« In: »Westermanns Monatshefte« (München), Nr. 2 (Februar), 1931.
[28] Die erste Ausstellung der Künstlergruppe fand 1924 im Café Verbano statt.
[29] Zu Fede/Café Verbano siehe zum Beispiel auch Curt Riess 1964, a. a. O., S. 112 ff.
[30] Eduard Keller 1934 (2001), a. a. O., hier: S. 98.
[31] Victoria Wolff zitiert nach Uwe Jacobi: »Der zweite Mann: Wolf mit drei ›f‹ gibt es nicht. Exil in Ascona, ›Spionin‹ in Frankreich und Flucht nach Amerika/Victoria Wolff (2).« In: »Heilbronner Stimme«, 28.6.1985.
[32] Victoria Wolff: »Sehnsucht nach der Unruhe des Lebens. Erinnerungen an Remarque.« In: »Madame« (München), Juli, 1971.
[33] Der Roman *Das weiße Abendkleid* wurde 2006 von mir mit einem Nachwort zu Leben und Werk der Autorin im AvivA Verlag (Berlin) neu herausgegeben.
[34] Siehe dazu Stiftung Archiv der Akademie der Künste, Berlin (Hg.) 2004: *Tilla Durieux – »Der Beruf der Schauspielerin«*.

Konzeption und Zusammenstellung Heidrun Loeper, Ina Prescher, Andrea Rolz. Berlin, S. 150 f. (Archiv-Blätter; 11).

[35] Siehe dazu Stiftung Archiv der Akademie der Künste, Berlin (Hg.) 2004, a. a. O., S. 160.

[36] Aus Emil Ludwigs *Geschenke des Lebens. Ein Rückblick* (1931), zitiert nach Theo Kneubühler 1979: »Die Künstler und Schriftsteller und das Tessin (von 1900 bis zur Gegenwart).« In: Harald Szeemann (Hg.), a. a. O., S. 136–178, hier: S. 170.

[37] Siehe dazu und im Folgenden die Hanussen-Biographie von Wilfried Kugel 1998: *Hanussen. Die wahre Geschichte des Hermann Steinschneider.* Düsseldorf, S. 248 ff.

[38] Siehe dazu Brief von Victoria Wolff an Wilfried Hartmann vom 8.2.1992, abgedruckt in: Uwe Jacobi 1993, a. a. O. Wolffs Ebertin-Artikel konnte bisher nicht gefunden werden. – Zu Elsbeth Ebertin siehe Ellic Howe 1995: *Uranias Kinder. Die seltsame Welt der Astrologen und das Dritte Reich.* Herausgegeben und aus dem Englischen übersetzt von Franz Isfort. Weinheim, S. 125 ff.

[39] Siehe dazu Harald Szeemann 1979: »Monte Verità – Berg der Wahrheit.« In: Ders. (Hg.), a. a. O., S. 5–9, hier: S. 6.

[40] *Astrologie als kosmische Psychologie* (1928); *Das wahre Gesicht der Astrologie* (1932); *Magie. Versuch einer astrologischen Lebensdeutung* (1934); *Horoskopie* (1939).

[41] Annemarie Schwarzenbach 1932, a. a. O., S. 211. – Zu den »Eranos-Tagungen« siehe <http://www.eranos-foundation.org/>.

[42] Siehe dazu Charles Linsmayer: »Mit Schreibverbot belegt, denunziert und ausgewiesen. Victoria Wolf zum Beispiel.« In: »Der Zürcher Oberländer«, 17.2.1990.

[43] Victoria Wolff zitiert nach Uwe Jacobi: »Der zweite Mann: Wolf mit drei ›f‹ gibt es nicht. Exil in Ascona, ›Spionin‹ in Frankreich und Flucht nach Amerika/Victoria Wolff (2).« In: »Heilbronner Stimme«, 28.6.1985.

Bildnachweis

S. 2: Mit freundlicher Gehmigung von Robert S. Amador
S. 34, 57, 64, 72, 77, 83, 93, 127, 171: Historische Ansichtskarten aus dem Verlagsarchiv
S. 37, 125, 141: Aus: Eduard Keller (Hg.): *Ascona Bau-Buch*, Verlag Oprecht & Helbling, Zürich 1934; Reprint: edition Peter Petrej, Zürich 2001, mit freundlicher Genehmigung der edition Peter Petrej
S. 45: FMW 69-1-888, mit freundlicher Genehmigung des Museo comunale d'arte moderna, Ascona
S. 195: Mit freundlicher Genehmigung des Centro Stefano Franscini, Ascona
S. 201: FMW 66-1-802, mit freundlicher Genehmigung des Museo comunale d'arte moderna, Ascona
S. 204: ullstein bild, Foto: Atelier Binder, 1930
S. 210: ullstein bild, Titelblatt der Zeitschrift »Kristall«, 1930
S. 222: © privat

Textnachweis

Unser Nachdruck folgt dem zwischen dem 4. August und dem 1. September 1933 in der »Neuen Zürcher Zeitung« unter dem Namen Victoria T. Wolf erschienenen Erstabdruck. Rechtschreibung und Zeichensetzung richten sich nach dem Original. Offensichtliche Fehler in Rechtschreibung, Zeichensetzung, Druck oder Satz wurden stillschweigend korrigiert.

Ebenfalls bei uns erschienen:

Victoria Wolffs Roman
»Das weiße Abendkleid«
um vier Frauen und ein Kleid
im Paris der 1930er-Jahre

284 S., Broschur,
m. historischen Parisfotos
978-3-932338-74-8

»Mit leichter Hand, klug, gekonnt geschrieben ... Ich habe es sehr, sehr gern gelesen!«
(Elke Heidenreich, Lesen!, ZDF)

Die Herausgeberin

Anke Heimberg, 1967 in Pforzheim geboren, Studium der Germanistik, Soziologie und Medienwissenschaften an den Universitäten Marburg und Wien; sie lebt und arbeitet als freie Literaturwissenschaftlerin und Publizistin in Berlin; verschiedene wissenschaftliche Veröffentlichungen, unter anderem zu Leben und Werk der Heilbronner Schriftstellerin Victoria Wolff; für den AvivA Verlag Herausgeberin der Werke von Victoria Wolff und Lili Grün; derzeit arbeitet sie an einer Biographie zu Lili Grün.

Mehr Informationen über Victoria Wolff
und andere Autorinnen der zwanziger Jahre
finden Sie unter www.aviva-verlag.de

Wir schicken Ihnen gerne unser Verlagsprogramm zu.

ISBN: 978-3-932338-89-2

Umschlaggestaltung: Britta Jürgs, unter Verwendung
eines Fotos von Martin Munkácsy: Junge Frau im Badeanzug,
1930er-Jahre (Foto: ullstein bild)

Mit freundlicher Genehmigung des Wolff Trust

Alle Rechte vorbehalten.

Druck: finidr, s.r.o.
Printed in Europe

Eine gebundene Ausgabe des Romans erschien 2008 im AvivA Verlag.
Das Nachwort von Anke Heimberg wurde für die Taschenbuchausgabe
vollständig überarbeitet.

2. Auflage
© 2019 AvivA Verlag
AvivA Britta Jürgs GmbH
Emdener Str. 33, 10551 Berlin
info@aviva-verlag.de
www.aviva-verlag.de